ADOLPHE PELLEPORT

TOUS LES AMOURS

AVEC

UNE LETTRE DE VICTOR HUGO

UNE PRÉFACE D'AUGUSTE VACQUERIE

ET L'ADIEU DE LOUIS BLANC

PARIS

G. CHARPENTIER, ÉDITEUR

13, RUE DE GRENELLE-SAINT-GERMAIN, 13

1882

TOUS LES AMOURS

Paris. — Imp. E. Capiomont et V. Renault, rue des Poitevins, 6.

Adolphe Pellepore.

ADOLPHE PELLEPORT

TOUS LES AMOURS

AVEC

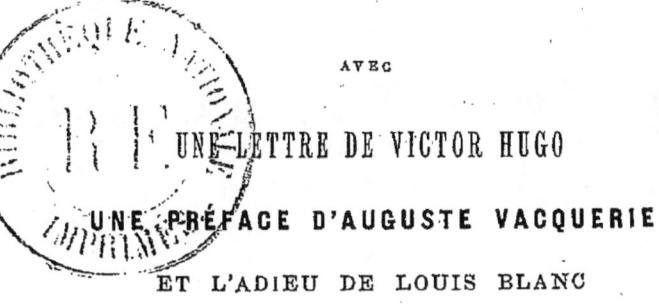

UNE LETTRE DE VICTOR HUGO

UNE PRÉFACE D'AUGUSTE VACQUERIE

ET L'ADIEU DE LOUIS BLANC

PARIS

G. CHARPENTIER, ÉDITEUR

13, RUE DE GRENELLE-SAINT-GERMAIN, 13

1882

A MADAME PELLEPORT

Madame,

J'aimais votre fils. Je dis mieux, je l'aime. Il existe toujours pour moi, la mort n'est qu'une absence de la terre ; le monde est à l'âme ; l'éternité admet l'immortalité.

Nous reverrons votre fils ; nous reverrons ce grand cœur, ce noble esprit, cette heureuse et généreuse figure de tout ce qui est honnête et bon. Pleurons-le ici-bas, sourions-lui là-haut.

Je suis à vos pieds, Madame.

Victor Hugo.

ADOLPHE PELLEPORT

Adolphe Pelleport était bon au point de ne pas croire au mal. Il avait de ce côté une ignorance et des étonnements d'enfant. C'est beau d'être cet enfant-là, quand ça n'empêche pas d'être un homme. Et s'il était un homme, Pelleport l'a prouvé. L'Italie, lorsqu'elle s'est levée pour son indépendance, l'a trouvé debout auprès de Garibaldi. Ici, un jour, entrant dans un café, Pelleport voit un homme qui brutalise une femme. Il ne connaît pas la femme, n'importe, il va droit à l'homme : — Monsieur, un homme ne brutalise pas une femme. — Vous ne savez pas quelle femme c'est. — Je sais que c'est une femme. L'homme se fâche. Gros mots. Échange de cartes. Le duel aurait eu lieu si les témoins n'avaient pas arrangé l'affaire. Tel était cet « enfant. » Prêt à donner sa vie pour une femme comme pour une nation.

Il avait de qui tenir. Son père, avocat à Paris, avait été secrétaire de Crémieux, et avait débuté dans les procès politiques de 1832. Bertrand Pigot, député de Comminges et Nébousan à la grande Constituante, était son arrière-grand-oncle. Il était neveu d'un proscrit de Décembre.

Quand l'homme du coup d'État, las de se masquer en président de la République et croyant la France assez mitraillée, déportée et terrifiée pour subir un empereur, décréta ce que les bonapartistes appellent un plébiscite, un grand nombre de républicains demandèrent aux proscrits de Jersey s'ils devaient voter ou s'abstenir. Les proscrits de Jersey leur répondirent qu'ils devaient « charger leur fusil et attendre l'heure. » La réponse était signée de trois noms : Victor Hugo, Philippe Faure, Fombertaux. — Une quinzaine d'années après, je vis entrer un jeune homme dont la figure loyale et cordiale me frappa, et qui me dit : Je suis le neveu de Philippe Faure. Nous fûmes aussitôt de vieux amis.

Il avait fait d'excellentes études à Saint-Gaudens, où il était né le 24 janvier 1842. Mais les meilleures leçons lui avaient été données par son père. Il le perdit à l'âge de quatorze ans ; sa mère lui resta, une vaillante et intelligente femme qui acheva de le faire homme. Il grandit au pied d'une montagne qui l'habitua de bonne heure à regarder en

haut. Ses deux goûts dominants étaient les
fleurs et les vers. Il n'avait pas dix-huit ans,
qu'il adressait à Victor Hugo la « Lettre » qu'on
va lire et qui lui valait cet éloge mérité : « Vous
avez le vers héroïque ; votre poésie est une brave
muse étoilée et casquée. »

Le *Rappel* eut besoin d'un gérant. Il n'y a pas
de courage aujourd'hui à être gérant d'un journal républicain. Mais c'était en pleine terreur
versaillaise. Le sang ruisselait au poteau de Sa-
tory. Pour un article de journal, un tout jeune
homme avait été condamné à mort. J'offris au
neveu de Philippe Faure la gérance du *Rappel*.
Il l'accepta. Quelque temps après, il était en
prison. Gaiement.

Il était la joie du *Rappel*. Il parlait haut,
comme quelqu'un qui n'a rien à cacher. Il éclatait d'enthousiasme. Lui si modeste pour ses
propres vers, bien qu'il fût vraiment poète, il
avait la fierté des vers des autres. On eût été mal
venu de toucher à ceux qu'il admirait. Ce n'était
pas de l'admiration qu'il éprouvait pour Victor
Hugo, c'était de l'adoration. Il l'adorait sous ses
deux espèces, comme créateur de chefs-d'œuvre
et comme auteur de progrès. L'existence de ce
généreux garçon était un perpétuel élan vers
toutes les poésies et vers tous les rêves. Il habi-
tait tellement dans l'idéal qu'il semblait parfois
n'être plus dans le réel. On souriait de ses distrac-

*

tions et de ses fuites dans les nuages. Magnifique défaut de vivre trop haut : tant d'autres vivent trop bas ! Mais il redescendait à terre dès qu'on avait besoin de lui. Il a manqué souvent un rendez-vous donné, jamais un service à rendre.

Un rhumatisme articulaire, qui s'était bientôt compliqué d'une méningite, l'a emporté en quelques jours. La veille de sa mort, on avait repris quelque espoir. J'étais allé le voir dans l'après-midi, il m'avait parlé avec toute sa connaissance, m'avait demandé des nouvelles de Georges et de Jeanne Hugo, m'avait serré la main au départ. J'étais parti presque tranquille. Hélas ! je suis le dernier à qui il ait parlé. Quand Victor Hugo est venu le lendemain, le pauvre garçon ne l'a pas même reconnu. Un quart d'heure après, il était mort. A trente-huit ans.

Sa mère était loin, à Saint-Gaudens. Agée, souffrante elle-même, on avait hésité à l'inquiéter, on avait espéré qu'on pourrait ne lui apprendre la maladie qu'avec la guérison. Lorsque le mal s'est aggravé, on lui a écrit, elle est arrivée — trop tard. Elle n'a pu que l'emporter. Il est enterré dans sa ville natale, au bas de sa chère montagne. Son cercueil dort où a dormi son berceau. Il est retourné, après tant d'allées et venues, à son point de départ, pour y rester cette fois.

Ceux qui le regrettent — et ce sont tous ceux

qui l'ont connu — le retrouveront dans ce volume.
Ceux qui ne l'ont pas connu, le connaîtront. La
première qualité de ses vers, c'est la sincérité.
Il n'a rien exprimé qu'il n'ait ressenti. Il y a là
un talent, mais il y a encore plus une nature.
Son livre, c'est lui. Il y est tout entier, avec sa
bravoure, avec sa bonne humeur envers et contre
tout, avec son joyeux mépris du danger, avec sa
fidélité aux vaincus et aux proscrits, avec sa foi
dans le lendemain, avec sa chaleur de cœur,
avec le dévouement au grand et au beau de celui
qui a vécu jeune dans la familiarité d'un génie
comme il avait vécu enfant dans la familiarité
d'une montagne.

AUGUSTE VACQUERIE.

***

L'ADIEU DE LOUIS BLANC

Le jour où le corps de Pelleport partit pour Saint-Gaudens, une foule considérable d'amis, où tous les journaux républicains étaient représentés, le conduisit à la gare d'Orléans. Parmi les couronnes qui couvraient le cercueil, une surtout était touchante, une grande et belle couronne de fleurs naturelles, sur laquelle on lisait :

GEORGES ET JEANNE

A LEUR AMI

Les cordons du poêle étaient tenus par MM. Henri Rochefort, Camille Pelletan, Édouard Lockroy et Auguste Vacquerie.

Arrivés à la gare, tous les assistants se rangèrent autour du cercueil, et Louis Blanc, qu'on trouve toujours partout où il y a un devoir à remplir et une justice à rendre, prononça ces éloquentes et belles paroles :

Il y a quelques jours, je disais à l'ami que nous venons de perdre : « Combien je voudrais avoir

votre force et votre jeunesse ! Et moi, répondit-il,
combien je voudrais pouvoir vous les donner ! »
Puis, après un moment de silence, il ajouta :
« Mais je suis loin d'être aussi bien portant que
j'en ai l'air. » Hélas ! je ne croyais pas, quand il
parlait ainsi, qu'il s'écoutait vivre et qu'il entendait la mort l'appeler. Et même, il ne m'avait
jamais paru aussi vivant. Nous étions au 27 février, au jour où la France entière a célébré
l'anniversaire de Victor Hugo ; il venait me prendre pour me conduire au Trocadéro, et l'idée des
hommages qui allaient être rendus à celui qui
avait avec sa mère la première place dans son
cœur le transportait de joie. Son visage était pâle,
mais de la pâleur des grandes émotions ; un
orgueil impersonnel, naïf et touchant éclatait
dans son regard, et chaque mot tombé de ses
lèvres avait l'accent du triomphe. La fête aurait
été donnée en sa faveur qu'il n'aurait pu être
plus heureux et plus fier.

C'est qu'Adolphe Pelleport possédait à un degré
extraordinaire la puissance d'admirer et d'aimer.
George Sand a écrit : « L'enthousiasme vient à
nous, quand nous le méritons. » Pelleport l'a
mérité toute sa vie ! Ce qui n'est, chez les
natures les mieux douées, qu'un état passager
de l'âme, était chez lui un état habituel. Je ne
sais quel magnanime besoin de se dévouer le

tourmentait. S'il avait vécu au moyen âge, il aurait voulu être un ces preux qui se consacraient à la défense des faibles, des veuves et des orphelins; il aurait voulu être un de ces vaillants hommes auxquels on adressait, en les armant chevaliers, cette noble question : « A quel dessein désirez-vous entrer dans l'ordre ? Si c'est pour être riche, pour vous reposer, pour être honoré sans faire honneur à la chevalerie, vous en êtes indigne. »

L'enthousiasme de Pelleport n'avait rien d'un sentiment irréfléchi et aveugle. L'intelligence peut prendre feu sans cesser d'être l'intelligence ; la raison ne perd rien de sa force pour être ardente. Pelleport n'était pas de ceux qui se laissent éblouir par la fausse gloire des conquêtes, par le prestige du pouvoir, par l'éclat du succès. Il ne se montra si absolument dévoué aux hommes d'élite qui, tels que Victor Hugo et Garilbadi, servent des idées vraies et des causes justes, que parce qu'il avait un esprit capable d'embrasser la vérité et un cœur fait pour adorer la justice. S'il était passionné, ce n'était que pour tout ce qui est grand et beau: pour le bien contre le mal. Voilà pourquoi, tout jeune, il était allé combattre dans le Tyrol sous Garibaldi; voilà pourquoi, lors du plébiscite impérial, à Toulouse, il essayait de soulever la population, un drapeau à la main, et se faisait incarcérer; voilà pourquoi il acceptait d'être le gérant du *Rappel*, à une époque où une pareille fonction dans un pareil journal était un péril.

Puis, que de qualités aimables s'unissaient chez lui aux qualités les plus viriles! Il avait une candeur qui faisait sourire, cet homme aux aspirations si hardies, aux allures si fières. C'était un poète, et un poète charmant, que ce soldat d'avant-garde toujours prêt à offrir sa vie à la République. Avec cela, aussi modeste que généreux. Pourquoi ses vers n'ont-ils pas été publiés et sont-ils si peu connus? parce qu'il mettait autant de soin à cacher ce qu'il valait que de fougue à montrer ce que valaient les autres.

Et il est mort, mort à trente-huit ans, n'ayant donné à son pays qu'une partie de tout ce qui était en lui! Il sera pleuré par quiconque l'a connu. Il le sera — et cela seul suffira pour honorer sa mémoire — par Victor Hugo et par Garibaldi.

Et maintenant à sa mère, vouée désormais à une de ces douleurs qui n'admettent pas de consolation, à cette pauvre mère qui nous quitte en emportant les dépouilles mortelles de notre ami, que dirons-nous, que pouvons-nous dire, sinon qu'en pensant à lui, qui n'est plus, nous pen-

sons à elle, qui souffre, et que dans nos sym-
pathies, dans l'émotion profonde dont notre
cœur est saisi, nous ne la séparons pas de son
cher enfant.

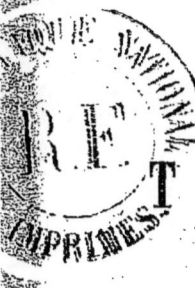

T US LES AMOURS

A

VICTOR HUGO

MON ADMIRATRICE VÉNÉRATION

ET MA TENDRESSE FILIALE

Son humble disciple et fier ami.

A. P.

?

Je ne sais pas ce que j'ai?
Sur mon front il a neigé.
Déjà! Pourtant l'Espérance,
A mon cœur montrant la Foi,
Dit qu'importe! à mon pourquoi?
Et courage! à ma souffrance.

Je ne sais ce que je vois?
Parmi les arbres des bois,
Parmi les rochers des grèves,
Errant, de nuit et de jour,
J'interroge tout. L'Amour
Me répond : — Ce sont tes rêves!

Je ne sais ce que j'entends ?
Est-ce le cri des autans ?
Est-ce le chant du zéphyre ?
Des hymnes ou des sanglots ?
Et les arbres et les flots
Me disent : — C'est ton délire !

Je ne sais ce qui m'attend ?
Mais je m'en vais en chantant,
Ne voulant qu'aimer et croire.
D'un nuage revêtu,
L'Amour me dit : — Que veux-tu ?
— Une femme et de la gloire !

Je ne sais ce que j'aurai.
Mais je veux, bon gré mal gré,
Ici bas rompre mes armes.
Une voix me dit souvent :
— Qu'est pour toi la gloire, enfant ?
— L'immortalité des larmes.

Je ne sais si je suis fou.
Je marche sans savoir où ?

— Enfant, qu'est pour toi la femme ?
Me dit l'Amour. — Un trésor
Plus grand que la gloire encor :
La vérité dans une âme !

186...

A MON PÈRE

L'homme naît pour mourir, mais il meurt pour revivre.
VICTOR SOUGUES.

Sous l'aile de la foi qui console et caresse,
Longtemps j'ai cru qu'un jour je te retrouverais.
Ce rêve, que bâtit l'espoir de ma tendresse,
En moi résiste aux lourds orages des regrets.

Mais il tremble devant les cyprès de la route.
Le granit de la tombe est un rocher affreux
Où le cœur saigne, en proie au noir vautour du doute :
Que le ciel de ce monde est froid et ténébreux !

O roses de l'azur aux pétales de flamme,
Étoiles, si, là-haut, vous saviez ce secret :
— L'homme est-il immortel? et que devient son âme?
N'est-ce pas que la femme ici-bas le saurait?

Mais ce mot souverain, qui fait frémir : — je t'aime!
Et contient à lui seul toute l'Immensité,
Oh! n'est-il pas la clef du surhumain problème,
Et le sublime *oui!* de l'immortalité?

LETTRE A VICTOR HUGO

Maître, en quarante-huit, dans un azur sans voile
Mon père, en souriant, me fit voir une étoile
Sur l'arbre où février hissa les trois couleurs.
Devant notre maison tendre à la République,
Le Peuple avait planté cet ormeau symbolique
Au pied duquel, enfant, j'allais porter des fleurs.

Et cet arbre n'est plus ! Noir tourbillon des choses !
Cet arbre, qui, rêveur, sous nos monts grandioses,
Croissait, portant l'espoir dans ses rameaux chéris,
Cet arbre, on l'a brisé ! sa pauvre feuille morte
S'en va, livrée au vent de l'exil qui l'emporte,
   Vers l'abîme où sont les proscrits !

Des folles nations fatale destinée!

Plus tard, encore enfant, sur une cheminée

Dont la glace, où riait un beau ciel indigo,

Réfléchissait gaîment Cagire, ma montagne,

Qui semble offrir les fleurs de la France à l'Espagne,

Au bas d'un vieux portrait, je lus : VICTOR HUGO.

Ce front prodigieux moulé par le génie,

Cet œil où la clémence à la force est unie,

Ce nom retentissant, me faisaient pressentir

Un grand homme, un héros. Contemplant cette tête,

J'interrogeai mon père. Il dit : — C'est le Poète!

       C'est un proscrit! c'est un martyr!

J'entendis. J'oubliai. J'étais si jeune encore,

A cet âge d'ardeur folâtre où l'on adore

La chasse aux papillons dans les buissons poudreux,

Alors que nul souci ne vient ternir la joie,

Car le ciel, qui sourit aux enfants, leur envoie

Sans cesse de doux riens qui les rendent heureux.

Pourtant un souvenir flottait dans ma mémoire.

Un jour, je retrouvai ce nom fait pour la gloire

Sur un livre! En l'ouvrant, j'eus l'esprit ébloui!
D'un amour filial j'aimais alors Homère :
Dans mon cœur désormais, toi, le Proscrit son frère,
    Je te confondis avec lui!

O citoyen sublime! Exilé magnifique!
Comme autrefois j'ai vu sur notre arbre civique
Luire l'étoile d'or qui semblait le bénir,
Sur la France aujourd'hui je vois planer ta gloire.
Honte à ceux que ton vers, dans l'humaine mémoire,
Enchaîne au pilori honteux de l'avenir!

Or, l'expiation déjà pour eux commence.
Ton farouche génie, ouvrant son aile immense,
Lion des *Châtiments*, sur l'empire a bondi!
Pour les peuples captifs une aurore se lève.
Déjà de l'Italie on voit briller le glaive
    Qu'a relevé Garibaldi.

Espère! en France on t'aime avec idolâtrie.
Un jour, tu reviendras dans ta chère patrie,
Tandis que les bourreaux fuiront avec effroi
Sur ces mêmes flots noirs, témoins de ta souffrance.

Oh ! sur ton roc d'exil, d'où tu venges la France,
Terrible et radieux Prophète, souviens-toi !

Regarde autour de toi, sur la mer froide et sombre,
Ces vagues qui souvent se lamentent dans l'ombre,
A travers les récifs qu'elles font retentir :
Oh ! peut-être en est-il qui, dans la mer lointaine,
Autrefois ont baigné le roc de Sainte-Hélène
　　　Qui gardait aussi son martyr !

Peut-être que ces flots, ces mêmes flots, naguère
Ont écouté les cris du titan de la guerre,
Du tyran malheureux, du sinistre héros,
Lorsque ce torturé songeait à ses victimes,
Lorsque, se rappelant ses exploits et ses crimes,
Colosse, de sa cage il tordait les barreaux !

Et toi, roc déchiré, saint refuge, île austère,
Guernesey, cher écueil, d'où ce grand solitaire
Dans l'histoire à César prépare un cabanon,
Garde-le, jusqu'au jour de notre délivrance,
Où, revenant chez nous travailler pour la France,
Gravé sur ton granit il laissera son nom !

De ton Proscrit géant, ô Guernesey, sois fière !

Qu'il soit pour tes enfants une haute lumière !

Couvre-toi de son nom qui doit vaincre la mort !

Garde, comme un autel, sa gloire souveraine,

Guernesey, Guernesey, nouvelle Sainte-Hélène,

Mais Sainte-Hélène sans remord !

Saint-Gaudens, 1860.

BRIN D'AMOUR

— « Brin d'amour par ci, brin d'amour par là,
Laissant déborder votre cœur sans digue,
Au lieu d'enfermer en vous tout cela,
Vous le gaspillez en enfant prodigue.

« Gardez ces bouquets de votre matin
Pour orner un jour le front de la femme
Qui voudra sourire à votre destin. »
— « Pour elle j'aurai d'autres fleurs, madame.

« Lorsque le printemps sème ses trésors,
On peut disperser les plus douces choses
Sans les mesurer : il vous naît alors,
Ames, tant d'amour, rosiers, tant de roses ! »

RONDEL

Volant toujours vers ce gentil manoir,
Si mon amour me prêtait ses deux ailes,
Pour vous chanter des vers, j'irais vous voir,
Volant toujours vers ce gentil manoir,
Si mon amour me prêtait ses deux ailes.

Femme inspirée, à votre cher miroir
Je pourrais faire un cadre avec mes ailes.
Et je croirais ainsi plus que vous voir,
Car mon amour portant votre miroir
Croirait aussi vous porter sur ses ailes.

Tout ce qui vient du ciel, l'amour, l'espoir
Et le génie ont ici bas des ailes.
Si vous m'aimiez, vous m'en feriez avoir.
Priez l'amour, le génie et l'espoir;
Demandez-leur de me donner des ailes !

CAGIRE

Cagire, mon beau pic, resplendit ce matin,
Fier dans son burnous blanc, comme un fils de l'hégire.
La Garonne, en chantant, traîne son bleu satin.
Puisque ton cœur aspire au ciel napolitain,
Viens frapper de ta voix les échos de Cagire !

A ton appel, des dieux superbes messagers,
Deux grands aigles prendront nos âmes sur leurs ailes ;
Et nos rêves, ce soir, célestes passagers,
En s'enivrant d'azur sous les frais orangers,
A Naples, vogueront sur des flots d'étincelles.

Mais pourquoi, jeune fille, ô blanche fleur d'avril,
Pourquoi tant réclamer cette plage lointaine?
A l'ombre de Cagire, oh ! que nous manque-t-il?
Les soleils les plus purs sont ternis par l'exil :
Notre Garonne vaut la mer napolitaine.

Le ciel italien? mais, lorsque tu souris,
Tes grands yeux, que l'amour de l'idéal enflamme,
Ont l'éclat de ce ciel ardent que tu chéris !
Le parfum virginal des orangers fleuris,
Moi, je crois le sentir en respirant ton âme.

Saint-Gaudens, 1862.

?.

Madame, l'autre jour, une telle harmonie
Embrasait le clavier palpitant sous vos doigts,
Qu'en proie aux chauds transports d'une ivresse infinie
Je ne sais trop comment je suis resté sans voix.

Par les mots la pensée est-elle donc ternie?
Dois-je rester encor muet, comme autrefois,
Et, martyr résigné de votre tyrannie,
Ne dire mon secret qu'au mystère des bois?

Pourtant, le cœur vieillit! Le temps rapide passe!
Les étoiles, ces flots lumineux de l'espace,
Emportent nos désirs dans leur radieux cours;

Et, bientôt, étonnés de voir mourir les roses,
Nous sentirions en nous des repentirs moroses :
Fêtons, avant le soir, la saison des amours!

LA POÉSIE

Prêtres, quand, sur la croix, râlait votre victime,
Quand le soleil couchant, immobile, resta
Fixé, comme un regard d'extase, sur la cime
Des pâles oliviers, ô sombre Golgotha !

Voilée et triste comme une étoile, une Femme
Qui sortait à pas lents du bois des oliviers,
Penchant son front céleste où brillait une flamme,
Vint embrasser la croix et pleurer à ses pieds.

Et, comme elle priait, versant des larmes telles
Que la Mort éblouie aux bourreaux disait : Non !
Le Christ ému, devant ces larmes immortelles,
Sourit et demanda : — Femme, quel est ton nom ? —

— Je suis la Poésie en deuil ! Muse d'Homère,
Accompagnant l'exil de ce divin banni,
Le long de l'Océan, j'ai, sur la vague amère,
Vu — je le reconnais — ton sourire infini.

Lui mort, vers l'idéal j'en ai suivi bien d'autres :
Ce reflet précurseur de ton œil plein d'amour,
Comme un astre sacré, sur tous ces saints apôtres
Pendant plus de mille ans rayonna tour à tour.

Quand, la coupe à la main, au bout de son grand rêve,
Vers les astres Socrate enfin prenant l'essor
Me dit : — Va désormais vers Platon mon élève !
Sur le poison j'ai vu planer ton œil encor.

Et, lorsqu'à Sunium, sur le cap solitaire,
Près des flots bleus, Platon, ce prophète du ciel,
Lassé d'interroger les astres et la terre,
Dans l'océan cherchait le mystère éternel,

Toujours, j'ai vu cet œil que je vois reparaître !
Sur la Lyre il pleurait comme ici sur la croix !

Et toi, qui donc es-tu?

— Le Christ, le nouveau Maître!

Alors, un grand écho répercuta sa voix...

Et le soleil, tombant, des monts fit crouler l'ombre.
Et d'un rouge rayon lé gibet se dora.
Et, détournant son front vermeil de ce ciel sombre,
Leur jetant son pardon sublime, il expira!

Saint-Gaudens, 1862.

APRÈS ASPROMONTE

A AUGUSTE VACQUERIE

Eh bien, applaudissez aujourd'hui, rois infâmes !
Prêtres impurs, bandits cachés sous le froc noir,
Applaudissez : Satan, pour vous payer vos âmes,
Au confessionnal vous attendra ce soir.

Chacun fait son métier, et vous faites le vôtre !
Allons ! accomplissez votre odieux mandat :
Sur le Calvaire en deuil saigna le grand apôtre,
Dans le Varegnano saigne le grand soldat !

Car votre tyrannie en guet-apens féconde,
Haïssant les héros, partout les immola :
Pères de la patrie ou rédempteurs d'un monde,
A mort ! Voici Caïphe ! Et voici Loyola !

Garibaldi blessé, captif ! —— Dieu de ses rêves,
Toi qui lui dévoilais, lorsqu'il était enfant,
A Nice, heureux berceau, sur les natales grèves,
Dans un mirage d'or, l'avenir triomphant,

Toi qui, plus tard, venais, le soir, sur son navire,
Flamboyer dans l'orage à ses yeux éblouis,
L'appeler par son nom, puis avec un sourire
Lui montrer une étoile, un sabre et son pays,

Toi qui, veillant toujours sur son fougueux génie,
Lui criais, à travers les balles : — Je suis là ! —
Toi qui dans le Brésil guidas sa main bénie
Et l'inspirais hier encore à Marsala,

Oh ! tandis qu'en ce jour cette pieuse clique,
Illuminant Saint-Pierre, a d'ivresse bondi,
Que fais-tu donc là-haut, Dieu de la République,
Dieu de Victor Hugo, Dieu de Garibaldi !

Ah! quel moment! Ce siècle, on le croirait, recule.
On ne sait si la race humaine veille ou dort,
Si la nuit ou le jour germe en ce crépuscule,
Si c'est la renaissance ou bien si c'est la mort?

On dirait le combat d'une ombre et d'une flamme.
Il semble que l'on voie, en cette brume, un œil
Regardant vers la France et la main d'une femme
Soulevant à demi la pierre d'un cercueil.

Mais un vieillard vêtu de blanc taché de rouge,
Grande Ressuscitée, épiant ton essor,
Attentif et muet, dès que la pierre bouge,
Pose son pied dessus et t'emprisonne encor!

Oh, c'est Rome qui veut se lever! C'est le pape,
Lugubre, trépignant sur elle, au nom des rois!
Ce sont ces cardinaux, rouge meute qui jappe
Autour du saint poteau qu'elle salit! O croix!

Ce sont ces mains de sang et ces bouches impures
Qui, pour plaire à ce Roi sur son trône craintif,
Disciples de Judas, éclaboussent d'injures
Garibaldi blessé, Garibaldi captif!

O Vatican, ce soir, quel ricanement sombre
Dans tes murs montera de leur banquet hideux !
Satan et Borgia s'embrasseront dans l'ombre,
En sentant que leurs fils mitrés sont dignes d'eux.

Martres-Tolosane, 1862.

QUI JE SUIS?

Qui je suis?... Que t'importe, adorable inconnue
Au frais babil?
Je suis un pèlerin, traversant, tête nue,
Le saint exil.

Mon âme, qui, le soir, sur les gouffres contemple
Les flots mouvants,
Brûle et vole, pareille à l'encens pur d'un temple,
Aux quatre vents.

Je suis un amoureux des lauriers et des roses
Et des beaux yeux.
Un rêveur tendre, épris des cimes grandioses
Touchant aux cieux,

Un voyageur, dont l'œil perdu dans la nuit noire
Attend le jour,
Un malheureux, hélas, tourmenté par la gloire
Et par l'amour.

En route pour Jersey, à bord de la *Comète*, 1863

LE MONT AUX PENDUS

A CAMILLE PELLETAN

L'époque était bien dure et ton profil bien noir,
Colline, quand la mer, dans ses intermittences
Lugubres, écoutait les plaintes des potences
Qu'à ta cime faisaient craquer les vents du soir.

Sur toi devaient errer de bien sinistres ombres,
Lorsque, la bouche ouverte, horribles, les pendus
Menaçaient l'infini de gestes éperdus
Sous lesquels reculaient d'effroi les vagues sombres,

Lorsqu'à l'heure inquiète où cette île s'endort,
Où le brouillard s'étend sur les vieux arbres chauves,
La pâle nuit lâchait vers toi ses oiseaux fauves,
Voraces compagnons vivant avec la mort!

Mais, où les vents, fouettant ces mornes silhouettes,
Entreheurtaient des os hideux contre le bois,
On entend aujourd'hui dans l'air, mêlant leurs voix,
Causer le rouge-gorge avec les alouettes.

Car le temps a sur toi déjà tout effacé :
Aux bras vils du gibet ont succédé les branches,
Aux gouttes de sang noir les marguerites blanches,
La paix de la Nature à l'horreur du Passé.

Au lieu des morts montrant au ciel leurs dents sans lèvres,
Au lieu des condamnés que le bourreau conduit,
On voit, parmi ces fleurs, dès que l'aube reluit,
Les filles de la mer mener paître leurs chèvres.

Et, le soir, sans penser aux esprits malfaisants
Qui hantaient seuls jadis ces longs coteaux funèbres,
Je sais un amoureux qui va, dans les ténèbres,
Y composer un nom avec des vers luisants.

3.

La vie humaine est une éternelle aventure,
Ténébreuse d'abord, et rayonnante après.
Les épines, plus tard les roses. Le Progrès
Dans sa marche fatale entraîne la Nature;

Comme autrefois ce mont, je fus bien triste aussi ;
Balançant les haillons de leur ombre spectrale,
Tels que l'oiseau de mort sur le pendu qui râle,
Les rêves noirs planaient dans mon ciel obscurci !

Obéissant aux lois immuables, tout change :
Une étoile, à travers mes ténèbres, a lui.
Et je n'apercois plus dans mon rêve aujourd'hui
Des ailes de hibou, mais bien des ailes d'ange !

1863.

IL PRIMO AMORE

Prophète du billard, imperturbable Élie,
Lorsque le dix septembre, enflammant ma folie,
Jadis nous éveillait de son regard béni,
Comme nous nous hâtions ! Tu t'en souviens sans doute.
Eh ! Oh ! En tilbury nous arpentions la route
     Du grand bois de Palamini.

Et Cocotte nageait dans des flots de poussière,
Et les zéphyrs joueurs retroussaient sa crinière,
Et sa queue agitait sa blanche neige en l'air ;
Et les passants criaient : Cribiâu ! comme ils vont vite !
— Amis, répondions-nous, le diable nous invite ! —
     Et nous filions comme l'éclair !

Ma voix de loup faisait chorus avec la tienne !
Et quand nous traversions l'arche palaminienne
Qui tient au vieux château, la dame de céans
Entr'ouvrait tout à coup sa croisée ogivale
Pour regarder passer cette étrange cavale
          Emportant ces deux mécréants.

Et tous deux nous étions les premiers à la fête !
Sifflant, chantant, toujours bruyants, toujours en tête !
Et vive le beau temps ! Et vive la gaîté !
Et Camille animait de son esprit la table
Où nous trinquions autour d'un dindon redoutable,
          Des truffes plein sa majesté !

Et le bruit des cristaux, et la voix argentine
De vos enfants chéris, madame Léontine,
Taquinant l'oncle Paul, le joyeux carabin,
Et, couronne d'argent par leurs mains caressée,
La chevelure blanche et toute hérissée
          Du brave docteur Benaben.

Oui, je vous vois ! Je suis avec vous tous encore :
Je sens de chaque lèvre un rire aimable éclore ;

Je vois Albert sabler du champagne ; j'entends
Madame Jalambir lui dire une malice ;
Elle a raison ! — Je vois Bernard dont la main glisse
    Sur un plat de fruits éclatants !

L'amitié fait sonner son grelot sympathique.
On parle chasse, amour, vendanges, politique,
De ministres dodus et de chiens efflanqués ;
Et, Gascon quoique brave, en riant, monsieur Pierre
Dit combien ont usé jadis sa gibecière
    Les cent lièvres qu'il a manqués.

Le jour se rafraîchit : une brise amoureuse
Souffle. — Si nous allions boire de la chartreuse
Sous les grands orangers qui parfument l'enclos ?
Voilà votre schall bleu, prenez mon bras, comtesse...
— Quoi ! Tout s'est envolé ? J'ai donc rêvé !... Qu'était-ce ?...
    Je n'ai devant moi que les flots.

Oui, c'est la mer... — Hélas ! grandes vagues moirées,
Ne pourrai-je donc voir vos courbes azurées
Sans croire que je vois les plis de son schall bleu,
Et sans me reporter — c'était chez vous madame, —

A la première fois où son regard de flamme
　　Resplendit sur ma tête en feu.

Jeune mère au front pur, femme à la voix sacrée,
Vous la rappelez-vous cette douce soirée
Où devant moi l'éclair de son image a lui?
Au chant de votre main qui sur le clavier volé,
Dans votre gai salon tournait la valse folle...
　　　Depuis, que de beaux jours ont fui!

Mais, tandis qu'en suivant vos gammes embrasées
Les couples tournoyaient, de poignantes pensées
M'assombrissaient les sons joyeux du piano.
Garibaldi blessé — Tu le sauras, histoire! —
Garibaldi captif d'un prince sans mémoire,
　　　Saignait dans le Varegnano!

Adorant ce héros, que pleurera la terre,
Je me réfugiai dans un coin solitaire,
Et je n'écoutai plus Beethoven ni Mozart.
Et, me laissant aller à ma tristesse noire,
Rêvant de liberté, de combats et de gloire,
　　　J'ouvris votre album par hasard.

Errant de feuille en feuille et d'hommage en hommage,
Tout à coup, mon regard fut pris par une image
Qui, depuis, dans mon cœur a toujours resplendi !
Ébloui, je sentis un ciel sous ma paupière,
Et je crus voir passer la magique lumière
      Du sabre de Garibaldi !

Son saphique regard, ses boules d'or, spirales
Où, pour moi, se croisaient des lueurs sidérales,
Me semblaient un reflet de l'avenir heureux.
Et, devinant son cœur divin, sans la connaître,
Voyant la poésie en elle m'apparaître,
      Je lui fis des vers amoureux.

Elle me répondit, en souriant : — « Poète !... »
Et, depuis, j'ai livré ma voile à la tempête,
Et j'ai trouvé le goût des vagues bien amer !
Et j'ai vagabondé, désertant tout rivage.
Et maintenant je suis où ? sur un roc sauvage,
      Tout seul, au milieu de la mer !

Sur cette roche, au sein des ondes égarée,
Où je me suis laissé prendre par la marée,

Tout en guidant vers vous mes songes trop distraits,
Oui, j'attends que le flot abandonne la grève,
Et je me dédommage en vous chantant mon rêve,
    Mes souvenirs et mes regrets.

Chers amis ! que c'est beau de voir monter l'écume !
Éclaboussant ma tête, elle saute, elle fume !
Brodant de festons blancs les flancs noirs de l'écueil,
Parsemant en flocons sa neige triste et pure,
On croit voir dans les fleurs de sa pâle guipure
    Les larmes blanches d'un cercueil...

Mais non ! Recommençons ce rêve plein de charmes !
L'écume sur ce roc, ce ne sont pas des larmes,
C'est la mousse des vins par le soleil dorés.
Ce sont vos longs cheveux, femmes, ces algues vives ;
Et ce roc c'est la table, et ces flots les convives...
    Oh ! souvenirs désespérés !

Pleine mer. Ile de ***, 10 septembre 1864.

A MA MÈRE

Lorsque l'azur est sans voiles.
Sur mon peuplier, le soir,
Toi qui chéris les étoiles,
La mienne, sais-tu la voir?

Par mes roses couronnée,
Rêvant sur ton balcon vert,
Cet œil de ma destinée,
Au ciel l'as-tu découvert?

Quel avenir crois-tu lire
Dans ses rayons que traduit
Le rossignol, cette lyre
Chantant sous l'astre qui luit?

4

Par cet oiseau du mystère
Fais-toi dire où, nuit et jour,
Mon cœur triste et solitaire
Fuit, Juif-Errant de l'amour?

Demande-lui quelles grèves
Me voient, par un dieu ravi,
Attiré par de bleus rêves,
Par des ombres poursuivi;

Demande-lui quelle source
Baigne, fiévreux, mon front nu;
Quel est le but de ma course
Au désert de l'Inconnu?

Demande-lui quelle ivresse
Le Deuil m'inspire aujourd'hui
Pour tant chérir la caresse
De l'Exil; demande-lui

Quel Idéal ma démence
Toujours et partout rêva,
Et qui, de sa voix immense,
Près des mers, m'a crié : Va!

— Pauvre rêveur qui s'abuse !
Te diras-tu. Que veut-il ?
— Moi ? la Liberté pour muse,
Mère, et pour pays l'Exil !

Cependant, parfois, je pleure,
Sur ces rocs, âpres sommets,
Songeant au jeune âge, à l'heure
Où dans tes bras je dormais,

Où j'avais pour ambroisie
Ton lait, ton amour pour dieu,
Tes chansons pour poésie,
Pour Océan ton œil bleu.

Et plus rien aujourd'hui : l'ombre !
Le morne infini des flots !
Une île, une baie où sombre
Le soleil dans des sanglots !

O triste revers des choses !
Mais quand tout s'est effacé,
Il est doux d'avoir des roses
Aux vieux murs de son passé.

Cher parfum, que de son aile
Le souvenir sur nos fronts
Verse, ami toujours fidèle,
Même aux jours où nous souffrons !

Et toi, mère, à ta croisée,
Sous mes grands rosiers en fleurs,
Oh, tu dois à leur rosée
Peut-être mêler des pleurs

Lorsqu'égrenant l'harmonie
Sur l'urne du vieux pilier,
Le rossignol, doux génie
Qui hante mon peuplier,

Te dit : — Là-haut, tendre femme,
Dans ces champs d'astres fleuris,
Sur cet arbre, cette flamme,
C'est l'étoile des Proscrits !

Hélas, cela te tourmente ?
Mais à qui la faute ? A toi !
Oui, pourquoi, mère charmante,
Dans ton album, dis, pourquoi

Ne cachais-tu pas la page
Où mes yeux ensorcelés
Contemplaient dans un nuage
Cet Aigle des Exilés?

Par l'éclat de son tonnerre,
Vois-tu, le cœur fasciné,
Un jour, à gravir son aire
Je devais être entraîné!

Comme à Toulouse, à l'aurore,
Fier bataillon fraternel,
Les gais troubadours d'Isaure
Jadis, sous l'antique Ormel,

Ceints de l'écharpe dorée,
Portaient leur luth triomphant,
Dis, pourquoi, mère adorée,
Me laissais-tu, tout enfant,

Avec Lucy mettre en gerbe
Ces fines jonquilles d'or,
Et du jardin, l'air superbe,
Tous deux prenant notre essor,

4.

Planter ces fleurs odorantes
Sous l'auguste majesté
De l'Arbre aux feuilles errantes,
Ormel de la Liberté?

Pauvres feuilles! Eh! qu'importe
Sur ces rochers où je suis
Qu'un même ouragan m'emporte?
Je les revois! Je les suis,

Fixant, dans ma rêverie,
Le jour où l'Arbre sacré
Renaîtra dans la Patrie :
Car alors j'y resterai!

Jersey, juin 1864.

LEVER DE SOLEIL

Solem quis dicere falsum...
VIRGILE.

I

Pâlissante, la Nuit achève son doux rêve.
La mer donne, en chantant, sa caresse à la grève.
Tout palpite. On dirait qu'un baiser infini,
Tombé du ciel, parcourt la terre à l'aventure.
    La mystérieuse Nature
    Va rouvrir son œil rajeuni.

Et toi, Jersey, sur qui la Liberté rayonne,
Ces flots d'azur, vivants saphirs de ta couronne,

Scintillent de reflets de rubis empourprés.
Se dorant de lueurs, tes cimes nuageuses
Dentellent l'Orient, et tes vaches songeuses
    Ruminent déjà dans tes prés.

Sur tes rochers fleuris, Jersey, tout se réveille.
Du côté de la France, une clarté vermeille
Caresse l'Océan grave et mélodieux.
Par delà l'horizon le soleil dort encore.
En plein azur, couronne ardente de l'aurore,
    Il va s'élever, radieux !

Il va monter, là-bas, de cette blanche terre,
Qui, lointaine, apparaît, vague comme un mystère,
Aux exilés pleurant leur paradis perdu ;
De ce cap où, parfois, leur triste rêverie
Croit voir, mirage heureux ! le bras de la Patrie
    Vers eux sur la mer étendu !...

Regardez : voici poindre enfin son auréole !
Salut, soleil ! — Oh ! quel spectacle ! quel symbole !
De ces rochers sacrés par l'exil, voir le jour
Naître en ce généreux pays de l'Espérance !

O Jersey, l'on croirait voir la main de la France
Sur la terre allumer l'amour !

Et moi, qui sens en toi revivre Prométhée,
Je me figure, hélas ! ô France garrottée
Par ce lâche tyran dont le poignard vainqueur
Fait encor ruisseler ta poitrine féconde,
Que ton sang lumineux, pour éclairer le monde,
Monte au ciel du fond de ton cœur !

II

O morne château-fort, et vous, verts lovelaines
De mystère enlaçant ces vallons et ces plaines,
Vieux dolmens oubliés au fond des bois dormants,
Antres rouges, ayant pour lions ces tempêtes
Qui jadis inspiraient le plus grand des poètes,
Lorsqu'il rugit les *Châtiments;*

Vous, à qui souriait déjà l'œil de l'Histoire,
Que n'êtes-vous restés son piédestal de gloire*?

* On sait que Victor Hugo fut expulsé de Jersey, en 1855, par
le gouvernement anglais à qui Louis Bonaparte l'avait demandé.

Mais pourquoi réveiller de si pesants remords ?
Les crimes pardonnés ont le droit de la tombe.
N'en parlons plus ! Passons en paix ! Que l'ombre y tombe !
    Laissons dormir les crimes morts !

Car, loin de te jeter, ô Jersey, l'anathème
Dans l'exil de l'exil, Lui-même encore il t'aime,
Puisqu'alors résistant à ce vil gouverneur
Suivi d'un bataillon de séides infâmes,
Parmi ces proscripteurs, il s'est trouvé deux* âmes,
    Jersey, pour te sauver l'honneur !

Et moi, je t'aime aussi, calme refuge où vibre
L'air de l'indépendance ! aimable pays libre,
Où l'horizon français charme l'exil amer !
Doux port épanoui sous la bannière anglaise,
Où l'on entend, le soir, frémir la *Marseillaise*
    Sur la harpe, au bord de la mer !

---

* Je devrais dire *dix*, car les citoyens jersiais Charles et Philippe Asplet, lors de leur courageuse protestation contre le bannissement de Victor Hugo et de ses compagnons d'exil, en 1855, furent vaillamment secondés par leurs nobles compatriotes : Georges Picot, James Picot, John Binet, Philippe Binet, Robert Wellman, Georges Wickery, François Aubin, Élie Derbishire.

Rocher où le Proscrit attend sa délivrance,

D'où l'on voit le soleil se lever sur la France,

Où le premier * trouvère autrefois a chanté :

Ile que, de tout temps, notre France a choisie

    Pour berceau de sa Poésie,

    Pour abri de sa Liberté !

Château de Montorgueil, septembre 1864.

* Robert Wace.

HAUTEVILLE-HOUSE

Hauteville-house! Abri sacré d'où l'Art s'exhale!
Nous L'attendions. J'allais le voir. J'en étais pâle.
Dans une vaste salle au jour mystérieux,
Je contemplais, parmi les portraits des aïeux,
D'où, par moments, semblaient se détacher des ombres,
Ces grands dessins de lui, pleins de ces clartés sombres
Rappelant les effets magiques de Rembrandt :

Ici, — seul, sur un mont foudroyé, se cabrant
Contre les aquilons dont il brave la rage,
Sous un lugubre ciel tout rayé par l'orage,

Opposant, dans sa lutte, un satanique effort
Au spectre fulminant des tempêtes, ce Fort
Qu'un brigand historique avait pris pour caverne.
Là, — cette lune blanche éclairant un ciel terne
Où s'agite, au milieu d'un nuage hagard,
Un grand oiseau, trouant la nuit de son regard,
Qui semble un messager de la haine éternelle
Apportant dans les plis funestes de son aile
Un présage de mort, de torture ou d'exil.
Après, — ce romantique et fantasque profil
D'arbres mystérieux pris à la Forêt noire,
Groupe triste et pensif qu'embrasse un fond de moire
Aux ondoyants reflets, où glissent doucement
Des teintes de silence et de recueillement.
Puis, — d'anciens souvenirs du Rhin, mornes murailles,
Burgs ruinés laissant, à travers leurs entrailles
Où serpente l'éclair aux vifs replis de feu,
Rire par une fente un morceau de ciel bleu ;
Vieux antres qui, des temps secouant l'avalanche,
Couvrirent des géants à la crinière blanche ;
Squelette de granit que sa main a tracé
D'un Age enseveli dans l'ombre du passé.
Et, — sublime ! semblant le Christ du nouveau monde,
Blanchissant de son front pâle la nuit profonde,

Un corps vertigineux, de mystère voilé,
Dans les brumes du ciel flottant, échevelé,
Fixant une lueur au delà des ténèbres,
Ainsi qu'un balancier aux battements funèbres,
Hélas ! John Brown pendu ! par les vents agité,
Sur son gibet frappant ton heure, ô Liberté !

J'admirais tous ces beaux dessins d'ombre et de flamme,
Empreints de l'infini qui palpite en son âme,
Faits de ciel qui menace et de ciel qui sourit,
Chefs-d'œuvre merveilleux de ce puissant esprit
Qui, de son aile immense embrassant la Nature,
Atteint vos deux sommets, Poésie et Peinture :
Car, moissonneur ayant lié ses gerbes d'or,
Des champs de l'Idéal lorsqu'avec son trésor,
Fier, il s'en va, suivi des muses tout en fête,
Le Peintre y vient alors pour glaner le Poète.
Et, sous les incertains reflets du demi-jour,
J'écoutais murmurer, en errant tout autour
De ces créations splendides du génie,
Une horloge bizarre, à l'étrange harmonie,
Dont l'aiguille semblait surprise, en vérité,
De mesurer le temps chez l'immortalité.

Quel trouble, quand on va réaliser son rêve !
L'heure, autrefois si longue, alors semble trop brève :
Car du bonheur notre œil sait le sommet trompeur
Et le trouve parfois si haut qu'il en a peur.
Donc, ému, je craignais, ô Maître, ta présence ;
Et, pour m'y préparer, je faisais connaissance
Avec tous ces dessins, avec tous ces portraits
Résumant ton destin, tes rêves, tes regrets !

Je vous voyais, soldat de notre vieille armée,
Fier général, suivant jadis la renommée,
Le sabre au poing, aux champs poudreux des grands combats,
Soldat de ce géant qui ne se doutait pas,
Quand il vous décorait après quelque bataille,
Que de vous il naîtrait un géant de sa taille :
Car eût-il jamais cru, cet orgueilleux vainqueur,
Que sa main enflammait, en vous touchant au cœur,
Ce sang d'où sortirait, éblouissant l'histoire,
Une gloire plus grande encore que sa gloire !

Je vous voyais aussi, mère de ses enfants,
Femme majestueuse aux yeux noirs triomphants,

Au front calme et superbe, aux fiers cheveux d'ébène
Encore exempts du blanc sillage de la peine,
Radieuse beauté qui, dans les temps heureux,
Autrefois, inspirant son génie amoureux,
Versiez de vos regards aux clartés idéales
Du soleil dans le ciel de ses *Orientales*.

Et vous, ses fils, jetés des prisons aux exils !

Et, levant ses grands yeux que frangent ses longs cils,
Là, dans ce cadre d'or, vis-à-vis de sa mère,
Tenant entre ses bras des fleurs — douce chimère ! —
Oh ! pardon si je viens réveiller ces douleurs !
Semblant à son aïeul sourire avec ses fleurs,
Ce bel ange envolé qui faisait, pauvre père,
« Ton ciel bleu, ton travail léger, ton sort prospère ! »

Il arriva. Je vis ce front où pense un dieu.
Que me dit-il ? Je n'en sais rien... Son œil de feu,
Brillant de vifs éclairs et de grave lumière,
M'éblouissait. Je pris sa main affable et fière,
Où l'on sent tant de force et de fraternité
Que l'on croirait saisir la tienne, ô liberté !

Et, tout en l'écoutant parler, pâle de fièvre,

Je voyais rayonner et vivre sur sa lèvre,

Où, sainte abeille d'or, luit le verbe vermeil,

Un sourire éclatant, franc comme le soleil,

Et ses beaux cheveux blancs lui faire une auréole;

Et j'entendais la mer s'unir à sa parole.

L'URNE

A ERNEST D'HERVILLY

Au bord d'un petit lac frangé de hautes herbes,
Où l'on voit se dresser deux aloès superbes,
Parmi les lys de l'Inde et les roseaux du Nil,
Comme un regret, au cœur de ce jardin d'exil,
S'élève une urne haute et sombre, dont un lierre
Revêt les flancs gardés par deux dauphins de pierre
Qui se courbent en anse et vont se rattacher
Par la queue au couvercle en forme de clocher.
A la base, s'étale une élégante vasque
Cannelée, où, parfois, dans leur essor fantasque,

Mêlant leurs gais sifflets, les merles, le matin,
Viennent boire et lustrer leurs plumes de satin.

Cette urne grandiose, en ces lieux, d'où vient-elle ?

Le lierre, qui l'étreint dans sa verte dentelle,
A Guernesey paraît vouloir l'enraciner,
Comme si, plein d'amour, il croyait deviner
Que dans le sein profond où son baiser se pose
Mystérieusement il germe quelque chose.

Les gais papillons bleus viennent y voltiger :
Hommage hospitalier de ce sol étranger !
Et vous aussi, mystique essaim de fleurs ailées,
Abeilles, des rosiers de la Grèce envolées,
O vous, qui de Platon frôliez les lèvres d'or,
Et qui, vers l'idéal reprenant votre essor,
Venez, pour composer aux dieux leur ambroisie,
Chez ce grand exilé chercher la poésie.

Parfois, faisant les cieux de l'exil moins amers,
Sur ce jardin, suave oasis de ces mers,

On voit des légions errantes d'hirondelles.
Et l'urne, sous le vol de ces oiseaux fidèles
Dont le gazouillement a l'air de la bénir,
Semble écouter, pensive, un vibrant souvenir
Qui distrait un instant sa longue rêverie;
Car elle est une épave aussi de la patrie!

Des choses d'ici-bas invisibles douleurs!

Oui, dans ce beau jardin plein d'oiseaux et de fleurs,
D'où l'œil, à l'horizon, découvre un groupe d'îles
Où le drame se mêle, en jouant, aux idylles,
Oui, ce vase, et ce lierre, et ces arbres bénis,
Au bord de l'Océan, autour de ces bannis,
Qui dans leur foi, martyrs inflexibles, demeurent,
Dans leur sourire, hélas! toutes ces choses pleurent!

Si bien, qu'à l'heure sainte où, frémissant, l'Esprit
Vient visiter le front du farouche proscrit
Qui, prophète et vengeur, France, de tes désastres,
Le long de ce rivage erre en lisant les astres;
Quand, sous le dais d'azur du ciel mystérieux,
La tendre nuit surprend ce jardin glorieux

Et porte, dans les plis transparents de ses voiles,

Des caresses aux fleurs de la part des étoiles,

Oh! l'on sent sur son front passer l'aile du deuil!

Et cette urne paraît triste comme un cercueil!

Et par moments, tantôt blanches et tantôt sombres,

On y voit s'accouder et se parler des ombres!

Et, l'âme dans l'extase, on croirait que ses flancs,

Par la lune peuplés de mirages tremblants,

Gardent avec stupeur, formidable relique,

Tes cendres, dont tu vas renaître, ô République!

Guernesey, 1863.

UN CHEVEU BLANC

A MADAME A. D***

Hier, en errant sur la grève,
Où la vague berçait mon rêve,
J'ai vu, du bec d'un goéland,
Tomber sur mon front quelque chose :
Une algue? Une perle? Une rose?
Bien mieux encore : un cheveu blanc!

Il avait un parfum suave.
Frêle et mélancolique épave,
Dans l'air doucement il flottait,
Quand, tout à coup, j'ai cru l'entendre

Murmurer tout bas un mot tendre
A l'oiseau qui me le portait.

Puis, il m'a dit : — « Une tempête
M'a perdu ! Je cherche une tête
Où ne plus être tourmenté ! »
— Mais n'as-tu pas trouvé la mienne ?
Reste ! L'exilé, d'où qu'il vienne,
A droit à l'hospitalité.

Tu n'y seras pas solitaire.
Tu pourras même sans mystère
Avec plus d'un frère causer.
Tu les étonneras peut-être ?
Mais, pour te faire reconnaître,
Je vais te marquer d'un baiser.

L'histoire de ton infortune
Ne leur sera pas importune,
Car ils ont souffert, eux aussi.
Ils sont discrets, tu peux me croire ;
Allons, conte-leur ton histoire.
« — Oh ! mon histoire, la voici :

Fais-en bien profiter ton âme.
Je suis né sur un front de femme.
— Comment? D'une crainte ou d'un vœu?
D'un regret ou d'une espérance?
— Oh! mon ami, dans la souffrance,
Notre origine importe peu.

Mais ne m'interromps pas, écoute :
J'étais, bien indiscret sans doute,
Venu parmi ses cheveux noirs.
Et dans ses grandes boucles sombres
Je brillais comme en un ciel d'ombres
Un rayon argenté des soirs.

Et je sentais, ô cher poète,
Scintiller sur sa fine tête,
Puis rouler dans son jeune cœur
Toujours quelque fraîche pensée,
Comme une tremblante rosée
Va s'égrenant de fleur en fleur.

Et, chaque nuit, lorsque l'étoile
Du pêcheur éclaire la voile

Qu'éclabousse le flot hagard,
Je voyais, mystique lumière,
Dans son cœur rêver sa prière,
Dans ses yeux dormir son regard.

Enfin, d'admiration ivre,
Trouvant égoïste de vivre
Moi tout seul en un si beau lieu,
J'allais, à la prochaine aurore,
En appeler d'autres encore
Pour venir l'admirer, grand Dieu !

Jaloux de mon heureuse ivresse,
Soudain à leur jeune maîtresse
Les cheveux noirs m'ont dénoncé ;
Et la belle a cherché sa glace !
O beauté, fis-tu jamais grâce ?
On m'a proscrit ! On m'a chassé !

Mais une brise enchanteresse,
Ayant pitié de ma détresse,
Alors m'a porté, tout tremblant
Des frissons de l'aube chagrine,

Sur le sein d'une fleur marine
Où m'a trouvé ce goéland,

Ce goéland, qui, sur son aile,
Vers la falaise maternelle,
M'emportant d'un rapide essor,
M'a fait, en traversant la grève,
Choir sur ta tête, où, dans ton rêve,
Je crois voir une fleur encor.

— Merci, mon délicieux hôte !
Victime d'une heureuse faute,
Tu m'es utile : un de ces soirs,
Si tu ne m'avais parlé d'elle,
Mes cheveux blancs à cette belle
Allaient chanter ses cheveux noirs !

Donc, femmes aux malins sourires,
Qui persécutez de satires
Ma tête blanche avant le temps,
Ingrates, c'est un sacrilège ;
Car si tant de cheveux de neige
Argentent mon front de vingt ans,

C'est que, voyez-vous, dans ces îles
Qui sont les généreux asiles
Des proscrits de la liberté,
Mon front, n'est-ce pas un mérite ?
Aimant les cheveux blancs, abrite
Ces proscrits de votre beauté !

Ile de ***, 1863.

LE CIEL ET L'OCÉAN

A MADAME J. D***

Comme le balancier nuit et jour berce l'heure,
L'Océan sans repos, roulant le flot qui pleure,
Exhale vers le ciel ses poignantes clameurs,
Fiévreux effarements de ses sinistres rêves.
O battements du cœur de l'Océan ! Les grèves
Frémissent de l'écho de ce soupir : — Je meurs !

Comme aux peuples le front immortel du Génie
Verse en strophes d'amour la vérité bénie,
Le ciel, ce front divin, sur les flots en effroi
Penche ses astres d'or, dont s'entr'ouvrent les voiles.

L'Océan plein de flots parle au ciel plein d'étoiles :
Dialogue sacré du Doute et de la Foi !

L'Océan dit : — Ma vague éclot, écume et passe !
Le ciel dit : — Mon étoile aussi naît dans l'espace
Et meurt, en effrayant l'éther de ses sanglots.
L'Océan dit : — Mes flots se perdent en nuages !
Et le ciel : — Mes soleils sont broyés par les âges !
Mes constellations s'en vont, comme tes flots !

Ces grands astres formés de célestes argiles
Sont des grains de poussière, hélas, aussi fragiles
Que ta vague qu'on voit les refléter, le soir.
Leurs clartés, colorant ta nuageuse brume,
Sont aussi des flocons de lumineuse écume :
L'astre a le même sort que le flot, son miroir !

Mais ta vague, en mourant, toujours se renouvelle,
Mais, un soleil éteint, un autre se révèle.
Quand par le vent l'esquif de l'homme est démâté,
Les arbres des forêts réparent ses désastres.
Or, dans mes bleus zéniths, il est des chantiers d'astres
Que l'Éternité lance en moi, l'Immensité !

6.

C'est ainsi que, d'en haut, à travers les ténèbres,
Essayant de calmer, dans ses crises funèbres,
Par un sourire ami ce douloureux titan
Qui, dans son cœur, toujours agite un noir problème,
Lui montrant dans la mort l'immortalité même,
C'est ainsi que le ciel console l'Océan !

Guernesey, 1865.

SPRINGTIDE

A ALEXANDRE SAINT-YVES

I

Océan, qui te tourmente?
Qu'as-tu, superbe captif?
Ton flux, blanc d'écume, augmente,
Et ton cri devient plaintif!

Par quel étrange mystère
S'émeut ton flot délirant
Qui s'avance sur la terre
Et se retire en pleurant?

Exhalant ta plainte ardente,
Tu fais frémir sous tes pleurs
Cette vieille confidente
De tes fatales douleurs !

O formidable génie,
Qui donc t'inspire, en ce jour,
Cette effrayante harmonie ?
Océan, est-ce l'amour ?

Quelque étoile, ton amante,
Muse du céleste chœur,
Pour qu'ainsi ton sein fermente,
Te brûle-t-elle le cœur ?

Sa magnétique caresse
Sur ta couche de granit
Fait bondir ton flot, qui dresse
Sa crête vers le zénith !

Oui, partageant ton martyre,
Dans son orbe emprisonné,
Quelque astre qui t'aime attire
Ton baiser, grand enchaîné :

Car, à ce soupir immense
Qu'en toi l'amour fait vibrer,
On croirait que ta démence
Sur le ciel va se cabrer !

11

Débordant de plage en plage,
Dans son frénétique élan,
Ton flot, se faisant nuage,
Prend l'aile de l'ouragan :

Il se tord, il fume, il rage !
Comme un lion, rugissant,
Il darde, gonflé d'orage,
Son éclair éblouissant !

Secouant sa lave folle,
Monstre au rêve constellé,
Vertigineux, il s'envole,
Ainsi qu'un volcan ailé !

Franchissant à pleine voile
Les gouffres de l'éther bleu,
Il lance vers son étoile
Ses fauves baisers de feu !

O gigantesques batailles
De l'amour universel !
Grandioses fiançailles !
L'Océan qui monte au ciel !

III

O malheureux ! Qui t'arrête,
Amant de la lune d'or ?
Quelle main dans ta retraite
Refoule en bas ton essor ?

Déjà s'écroule ta cime !
Élans, efforts impuissants !
Broyé, nuage sublime,
En flots noirs tu redescends !

Comme les pleurs sur les tombes,
Ne pouvant plus approcher
De ton amour, tu retombes
Sur ton grabat de rocher,

Et, dans ta crise profonde,
Ton âme en captivité
Jette ses sanglots au monde,
Hymne de l'Immensité !

Mais, couronnant ta souffrance,
Colosse au rut douloureux,
Luit l'arc-en-ciel d'espérance,
Pont des rêves amoureux :

Car c'est pour une adorée
Que tu gémis, vieux titan,
Et que grandit ta marée.
Oh, larmes de l'Océan !

IV

Va, frappant le rocher sombre
Que tes cris font retentir,
Inconsolable, dans l'ombre,
Va, pleure, amoureux martyr !

Tu n'es pas le seul qui rêves,
Sous les cieux toujours voilés,
Remplissant les blanches grèves
De tes hymnes désolés :

Quand, dieu des métamorphoses,
Le Printemps vient rajeunir,
Aux bois, les nids et les roses,
En l'homme, le souvenir,

Va, cet autre solitaire,
Par le Devoir seul dompté,
Sur ce roc, prison austère,
Captif de sa liberté,

Par l'Idéal qui l'aimante
Affolé, front débordant,
Vers la France, étoile aimante,
Dressant son génie ardent,

Dans sa sublime folie,
Livrant au vent froid du soir
Ses pleurs de mélancolie,
Ses rugissements d'espoir,

Comme toi, qui tords ta lame,
Roulant son âpre souci,
Va, ce Proscrit a dans l'âme
Sa grande marée aussi !

Ile de Jersey, 1864.

LA COUPÉE DE SERK

A MA GRAND'MÈRE

I

La lune file en paix sa quenouille enchantée.
Tremblant d'amour, ainsi que le vainqueur d'Antée,
On dirait que soupire à ses pieds le vieux Pan.
Les arbres argentés se recueillent, tranquilles :
Serk, rayonnante, dort, Serk, ce bijou des îles,
    Sur l'écrin bleu de l'Océan.

La brise vole avec une amoureuse ivresse.
Murmurant au contact moelleux de sa caresse,

Le moulin, ce rouet au fantastique essor,
Tourne nonchalamment sous la tendre prunelle
De la blonde fileuse, et semble avec son aile
Dévider la lumière en longs écheveaux d'or.

Île chère ! Une nuit que, perdus dans l'orage,
Sur cette mer, en proie aux spectres du naufrage,
Nous voguions vers le grand homme des *Châtiments*,
C'est ici qu'autrefois Serk, « *l'île romantique*, »
Offrit à notre barque une anse sympathique
        A l'abri des flots écumants.

Aujourd'hui, sous ce ciel qui sourit à nos voiles,
J'aime à ressusciter cette nuit sans étoiles
Dans mon âme ; et je trouve une étrange saveur
Au calme souvenir de cette âpre tourmente,
Revoyant l'île aussi farouche que charmante
Qui me tendit alors un rivage sauveur.

Marchons… L'immense amour plane sur l'Atlantique.
Sur le sommeil des flots luit un rêve extatique.
On voit au loin briller la flèche du manoir.
Marchons encor : mais vois, le long du granit sombre,

Ce col hideux, dressant vers nous sa gueule d'ombre!
　Oh! tout à coup, quel sentier noir!

Passage ténébreux ! — Humide, creux, en pente,
Entre deux murs de rocs il s'enfonce et serpente...
Comment donc va s'ouvrir ce sinueux tombeau?
Des fentes et des trous, de tous côtés! Prends garde.
Horrible obscurité ! Mais quoi! qui nous regarde?
Avançons...— O splendeur : ciel! mer! Comme c'est beau!

Sans parapet, ouvert au ciel, au bord du vide,
Un isthme clair succède au défilé livide,
Nœud de l'île coupée en deux, pont suspendu
Aux piles de granit de l'Océan immense ;
Dans un accès soudain de magique démence
　Le regard s'arrête, éperdu !

II

Quel éblouissement règne, après ces ténèbres !
Parmi ces hauts rochers radieux et funèbres,
Terribles et dorés des baisers du ciel bleu,
Monstres mâchant la mer dans leur gueule insensée!
Près de ces merveilleux abîmes, la pensée
      Sent frémir son aile de feu!

Gouffres, au bord desquels le front d'horreur suinte !
Ici, jadis, trempant dans le sang leur foi sainte,
Devant la majesté de l'Océan béni,
Du vieux culte gaulois mystérieux ministres,
Dans leurs effrois sacrés, les druides sinistres
      Venaient contempler l'Infini.

En bas les flots ! Là-haut, les étoiles de flamme!
L'extase rend le sens de l'Idéal à l'âme
Pour qui l'Immensité n'est plus qu'une prison !
Et l'on voudrait franchir l'azur de tous ces mondes :
Mais le cercle des cieux et le cercle des ondes
      Vous font captif de l'horizon :

Gouffre infernal, d'où l'œil aperçoit la patrie !
Sauvage amphithéâtre où le flot bave et crie ;
Serk, Aurigny, Jéthou, Herm, Jersey, Guernesey ;
Tumultueux gradins du cirque de l'abîme,
Où se dresse, ô César, en face de ton crime,
    Le Prophète au glaive embrasé !

Oui, ces rocheux îlots, vertigineuse arène,
Ces brouillards déchirés que l'aquilon entraîne,
Ces rugissants écueils à l'effrayant profil,
Cette mer, évoquant l'immense bruit de Rome,
Semblent un Colysée où lutte le grand Homme,
    Fier gladiateur de l'Exil !

     Ile de Serk, 1863.

A MA GRAND'MÈRE

Hier, tendre grand'mère, ô rayonnante Amie,
Une heure avant de t'être à jamais endormie,
Tu m'as dit, te penchant vers moi comme un roseau,
Qu'un poète, jadis visitant nos montagnes,
Traversa notre ville en face des Espagnes,
Et d'un hymne au soleil couronna ton berceau.

Cet astre à qui ce barde entr'ouvrit ta paupière
Soixante ans sur ton front répandit sa lumière :
      Ici-bas que te montra-t-il?
L'espérance et le deuil! Tu naquis dans les roses,
Et, fière de ton fils, sur ces rochers moroses,
      Comme lui, tu meurs en exil!

Va! quelqu'un gardera ta tombe dans cette île.
En ce lugubre champ des Proscrits dors tranquille!
Ma poésie a fait son nid sur cet écueil.
Et, comme ce rêveur sur ton berceau, grand'mère,
Mit un hymne au soleil, hélas, ma strophe amère
Chante un hymne à ton âme, au fond de ton cercueil!

Jersey.

LA GROTTE

A ERNEST LEFÈVRE

> L'âpre et fier granit souffre.
> RAOUL LAFAYETTE,[1]
> (*Mélodies païennes*).

Cherchant en vain son bleu passé sur l'Océan,
    Autour de ce rivage,
Cadre vide, où jadis palpita le roman
    De son amour sauvage,

Longtemps, par la colline en fleurs son âme erra ;
    Puis, sur le banc de pierre
Où ses yeux avaient bu son sourire, il pleura.
    Et, noyés de lumière,

Dans le couchant doré les goélands planaient,
    Et, sur la mer, les voiles
Se berçaient, et les fleurs dans l'herbe rayonnaient,
    Odorantes étoiles.

Vers la grotte, des flots il reprit le chemin :
    La grotte était ouverte !
On la démolissait ! Cruel travail humain !
    La pauvre mousse verte

Pendait, comme d'un sein vierge un tulle arraché.
    Les granits dans le vide
Croulaient. Par mille trous, dans son flanc ébréché
    Entrait le jour avide.

Fauve, semblant saigner sous le pic qui perçait
    La voûte comme un crible,
L'ombre mordait le jour, et le jour embrassait
    L'ombre. Baiser horrible !

Et, sombre flot muet, fuyant le jour vainqueur
    Aux vermeilles morsures,
Cet ombre violée envahissait ce cœur
    Plein aussi de blessures,

Ce cœur, qui, mutilé, criant son désespoir
　　　Aux échos de ces grèves,
Sentait, à chaque roc tombant de l'antre noir,
　　　Crouler un de ses rêves.

Ile de ***, 1864.

FANFARON

AU DOCTEUR LOUIS GORNET

Ce pauvre chien ! son poil était d'un si beau noir !
Un filet blanc — tenez, je crois encor le voir —
Argentait le contour de sa luisante échine.
Un trait léger rayait sa tête bonne et fine.
Ses yeux intelligents, vifs et doux, pleins de jour,
S'illuminaient de joie ou s'inondaient d'amour.
Le bout du fouet était blanc aussi ; les oreilles,
Soyeuses, de ce ton mordoré des abeilles,
En couronne pouvaient se nouer sur son front.
Haletant, à l'appel de ma voix toujours prompt,
Il venait gambader sur mes pas. Chère bête !
Comme pour me parler, je m'en souviens, sa tête,

Sans bruit, quand je lisais, s'approchait peu à peu.
Il allongeait vers moi ses pattes couleur feu
Et les posait avec douceur près de mon livre.
Je vois, de page en page, encor son œil me suivre.
Son regard, qui semblait lire aussi, caressait
Timidement la feuille où mon regard passait ;
Puis il partait, l'œil chaud et la tête dressée,
Fier, comme s'il venait d'y flairer la pensée.

C'était mon compagnon, c'était mon fol ami !
Il couchait sur mon seuil, ne dormait qu'à demi,
D'un sommeil qui semblait s'inspirer de mon rêve.
Et, dès l'aube, battant les bois sans paix ni trêve,
Avec moi, ce bon chien était sûr de lancer
Tous les lièvres qu'en songe il avait vus passer,
Car les chasseurs de race ont des nuits inquiètes
Pleines de visions, comme les vrais poètes.

C'était merveille alors de voir ce chien courir,
Et sa narine en feu fiévreusement s'ouvrir,
Et sa gorge tendue aboyer à l'aurore.
Mêlant son fastueux tapage au cor sonore,

S

Magnifique, enivré du sanglant hallali
Où, vermeil, éclatait notre rêve accompli,
Dominant de sa voix la meute qui s'effare,
Fanfaron, digne fils de sa mère *Fanfare*,
Ébahissait les mille échos de l'horizon.

A travers champs ardent et fou, dans la maison
Il avait de ces airs que rien ne saurait rendre.
Quand il nous observait, il semblait nous comprendre.
Un jour il pressentit chez nous un prochain deuil ;
Et, dès lors, il marcha tout consterné ; son œil
Presque humain, désormais voilé d'une ombre amère,
Allait pensivement de nous à notre mère.
On eût dit qu'il voyait jusque dans notre cœur.

Parfois, se surpassant dans un élan vainqueur,
Comme s'il y trouvait cette invisible flamme,
Il semblait dans nos yeux être à l'arrêt de l'âme.

Saint et mystérieux effort de l'animal
Vers l'homme qui, lui-même, aspire à l'idéal !

Dans son attachement, expansive allégresse,
Il allait et venait, de caresse en caresse,
De chez moi chez mon frère. Il nous aimait vraiment !
Hélas ! comme un soldat qui tombe fièrement
Sur le champ de bataille, il mourut à la chasse !
En expirant, il vint poser sa noble face
Sur mes genoux ; son œil d'infini se voila,
Et son dernier soupir sur ma main s'exhala.
Il vécut doux et brave, il s'éteignit de même.

Dans cette île, parfois, je rêve, tant je l'aime,
Qu'à mon seuil *Fanfaron* se lamente ; et souvent
Je m'éveille en sursaut. Mais non, rien ! C'est le vent
Qui, la nuit, fait grincer lugubrement ma porte.
C'est la plainte des flots qui sur les rocs avorte.
Et je vois sombrement se rouiller mon fusil,
Car ce chien est sous terre !

— Et son maître en exil !

Jersey, 1864

NAGES NOCTURNES

A MADAME D'H***

Bien que de noirs oublis la vie, hélas, soit pleine,
Vous le rappelez-vous, ce montagnard ami
Dont l'âme s'est ouverte à la céleste haleine
De votre poésie? O belle châtelaine,
Son souvenir en vous parfois a-t-il frémi ?

Depuis ce fol instant où l'écharpe azurée
Qui couvrait votre épaule à l'élégant contour
Laissa de ses doux plis sur son âme enivrée
Glisser un charme étrange, ô suprême Inspirée,
Suivîtes-vous son vague essor, jusqu'à ce jour ?

A-t-elle erré pourtant, cette âme vagabonde !
Comme le petit mousse atteignant l'Équateur
Est sacré sur le cœur de l'Océan qui gronde,
Cette âme, comme lui qui fait son tour du monde,
Par vous grandie, a fait le tour de la douleur.

Elle a souffert, elle a saigné ! Plus d'un nuage,
Sur elle secouant l'éclair, s'est déchiré.
L'écueil traître a guetté sa voile dans l'orage :
Votre étoile toujours l'a ravie au naufrage,
Et par elle aujourd'hui l'exil sombre est doré.

Exil, ô sombre exil, sur la mer en furie,
Vers ton hautain captif l'ouragan m'a porté.
Sa main a pris la mienne ; et mon âme attendrie
A senti que l'exil doit être ma patrie,
Puisque c'est en exil que vit la Liberté !

Et vous, volerez-vous vers la patrie errante
Dont les fiers citoyens s'appellent des Proscrits !
Aimerez-vous les bords de la mer murmurante ?
De notre République, en cette heure navrante,
Viendrez-vous saluer les glorieux débris ?

8.

Laissant flotter aux vents vos cheveux, blonde gloire,
Quand le rouge soleil sort des gouffres béants,
Parmi les goélands, le long du promontoire,
Vous verrons-nous avec votre harpe d'ivoire
Mêler la *Marseillaise* au chant des Océans ?

Souvent, en attendant une vague irisée,
J'écrivais sur le sable un vers délicieux
Tombé de votre cœur : et mon âme insensée,
A ce bleu d'Océan mêlant votre pensée,
Croyait revoir l'éclair infini de vos yeux !

Les flots amers pour moi devenaient un dictame,
Ayant ainsi passé sur vos vers savoureux.
Et que de fois, alors, ô romanesque Femme,
Ai-je cru dans ces flots boire un peu de votre âme !
Hélas, comme on est fou quand on est amoureux !

Songeant à l'inconnu que l'avenir nous voile,
Souvent, du haut d'un roc, le soir, tout seul, bien tard,
Donnant votre pensée à mes rêves pour voile,
Ardent, je m'élançais, sous votre douce étoile,
Dans cette mer houleuse, à travers le brouillard.

D'une main, je fendais cette rampante brume ;
Et, regardant le ciel, je me disais : — Demain,
Ce lambeau de vapeur qui flotte sur l'écume
S'envolera là-haut pour que le ciel l'allume...
Il deviendra tonnerre : — et je l'ai dans ma main !

Et ma vie, Océan, dis, que deviendra-t-elle ?
Sur tes immenses flots invisible fétu
Et sur l'Humanité fragile bagatelle,
Montera-t-elle, un jour, dans la zone immortelle
Où flambe l'éternel feu sacré ? Le sais-tu ?

L'Océan me criait : — Quelle ivresse te gagne ?
Sais-tu ce qu'est la gloire ? un grand bagne ! — Eh bien quoi ?
Je veux être forçat, si la gloire est un bagne !
Océan, vieux titan, frère de la montagne,
Dans tes flots paternels, Océan, bénis-moi !

Dans la baie où le cap projette au loin son ombre,
En frappant de ma main le flot phosphorescent,
Nageur fou, j'éveillais des goélands sans nombre
Qui, soudain s'envolant du front d'un rocher sombre,
Y revenaient bientôt planer en gémissant.

Et je voyais tomber, liquides étincelles,
Perles de nacre, sœurs des larmes de votre œil,
Les gouttes d'Océan que secouaient leurs ailes
Sur leurs nids d'algues d'or, palpitantes nacelles
Que le rayon nocturne éclaire sur l'écueil.

Les vents de mer hurlaient dans leur conque sauvage.
Mouvants chiffres de feu du cadran de la nuit,
Descendant du zénith sur les mâts du rivage,
Les constellations me marquaient le ravage
Que fait dans l'univers la faux du Temps qui fuit!

Je sentais qu'il fallait m'arrêter dans mon rêve,
Que le boulet terrestre au pied me reprenait,
Qu'à la réalité j'avais assez dit : trêve !
Et, tournant les grands flots, je regagnais la grève.
Votre douce pensée, ivre m'y ramenait.

Les flots, semblant répondre à quelque sombre alerte,
Se retiraient. Dans l'ombre, effaré, je restais ;
Et, par moments, le long de la grève déserte,
Comme un accent pieux sur une bible ouverte,
Entendant une voix sur les rocs, j'écoutais...

Quoi? le verbe infini ! l'insondable langage
Par la vague en secrets caractères tracé
Dans l'antre résonnant comme un grand coquillage :
Hiéroglyphes saints du rocher de la plage,
Pyramide où l'austère Océan a passé.

Et soudain, s'exhalant des bouches de la pierre,
Je croyais reconnaître un cri désespéré
Qui, remplissant d'effroi la plage tout entière,
Se ranimait sans cesse, à travers la prière
Que chante la Nature en son rythme sacré.

Qui sait ce que vous dit le flot, quand on l'écoute
Dans ces antres couverts de varechs détrempés,
Gluants cheveux filtrant la source de la voûte
Qui tombe avec un bruit sinistre, goutte à goutte,
Sur de blancs rocs pareils à des crânes scalpés ?

Oh ! l'ombre, en s'allongeant comme un tigre, s'y vautre.
On sent l'odeur de mort des repaires des rois ;
Cryptes où l'Océan, mystérieux apôtre,
Semble répercuter, d'un bord du monde à l'autre,
Les plaintes des prisons, des exils et des croix !

Dans l'aigle errant des mers qui, traversant la Manche,
S'arrête dans cette île où, sûrs du grand réveil,
Les proscrits pour demain préparent la revanche,
Je croyais voir ton aigle à la vaste aile blanche,
Sur ta nuit, ô Pologne, appeler le soleil !

A minuit, je rentrais, délirant, hors d'haleine,
Dans je ne sais quel rêve impossible abîmé !
Et, songeant aux martyrs, ô belle châtelaine,
Je criais aux rochers dont cette grève est pleine :
— Que c'est lugubre et beau d'aimer sans être aimé !

Ile de ***, 1864.

SONNET

A MADEMOISELLE M. G***

Tu fais bien, ne dis pas tes vers.
Sœur de tes yeux où se reflète
L'Infini, Vénus est muette
En rayonnant sur les flots verts.

Laisse chercher par le poète
Le sens des cieux d'ombre couverts !
De l'idéal, dans l'univers,
La femme est plus que l'interprète.

Oui ! la poésie est le jour
Des choses ; même, avec l'amour,
Elle en est l'âme créatrice.

Le rythme est un écho sacré,
Le poète, un être inspiré :
Mais la femme est l'inspiratrice !

ΑΝΑΓΚΗ

Que c'est triste, à minuit, de longer, solitaire,
Ce fleuve ténébreux qui semble avec mystère
Dans chaque flot rouler quelque poignant souci
Et vous dire : — Passant, pleure! je pleure aussi!
Ayant longtemps erré sous la nuit sépulcrale,
Glacé, je m'arrêtai devant la cathédrale
Sous laquelle ces flots se lamentent toujours.
Le brouillard ébauchait des spectres sur les tours.
La lune, sur le porche aux sculptures de pierre,
Soudain d'une madone alluma la paupière.
Comme je m'approchais, cet œil me regarda
Et je crus tout à coup voir mon Esméralda!

Effaré, j'embrassai la statue ; et, dans l'ombre,
J'entendis, à travers un ricanement sombre
Qui croula de la tour sur les dalles du quai,
Le noir Claude Frollo me crier : Ἀνάγκη !

1864.

A M. A. LAPÈNE

I

A l'heure où, dans le clair obscur
           De l'azur,
Effleurant la nuit sous son voile,
           Chaque étoile,

Comme un naissant papillon d'or,
           Prend l'essor,
A cette heure de rêverie
           Où tout prie,

Dans la vague extase du soir
           J'ai cru voir,
A travers le magique charme
           D'une larme,

L'Esprit vivant du souvenir
Me bénir,
Et vers moi son aile se tendre
Et m'attendre.

Vers le passé mon deuil, ravi,
L'a suivi
Le long des miroitantes grèves
Des vieux rêves.

Son regard qui dorait ma nuit
M'a conduit
Vers ces bleus remparts des Espagnes,
Mes montagnes !

Songe heureux ! Mirage vainqueur
Où mon cœur
Humait avec idolâtrie
Ma patrie !

Toi, fleuve, où j'entendais des voix
Autrefois,
Flots clairs que l'écume couronne,
O Garonne !

Vous bois, qui protégez toujours
    Les amours,
Toi, pic où le vent se déchire,
    O Cagire!

II

Suivant ce guide des regrets,
    J'admirais
Les faneuses dans nos prairies
    Refleuries;

Je furetais, à Saint-Gaudens,
    Ces jardins
Où jadis j'allais voir éclore
    A l'aurore

La couronne d'Amaryllis,
    Ce beau lis
Qui s'ouvre comme une paupière
    De lumière.

9.

Je voyais ces pins toujours verts
Et couverts
De rosiers banks aux longues branches
Toutes blanches,

Dans ce parterre où, triomphant,
Fol enfant,
Sous la fenêtre de mon père,
— Temps prospère ! —

Je vous suivais dans les rayons,
Papillons,
Et j'apprenais des noms bizarres
De fleurs rares

Avec ce cher et cordial
Général
Qui voyait fuir les ans moroses
Dans les roses.

III

Dominant, devant la maison,
L'horizon,
Grand cirque de cimes neigeuses
Et songeuses,

Je voyais mon beau peuplier
Se plier
Et se redresser sous la rage
De l'orage.

Je me voyais dans ce taudis
Où jadis
J'ai dû fabriquer tant de mailles
De rimailles

Pour te prendre enfin au réseau,
Bel oiseau
Du rêve, qui, des étincelles
De tes ailes

Brûlant mon front sur A + B
Tout courbé
Et blanchi sous la pâle raie
De la craie,

Piquant mon tableau froid et sec
De ton bec
Rose, en y brouillant sans scrupules
Les formules,

Poussant mes cahiers peu à peu
Dans le feu,
Transformant en bûcher funèbre
Mon algèbre,

Fis qu'un beau jour, ensorcelé,
J'immolai
Le *Carré de l'hypoténuse*
A la Muse, —

La Muse, qui, sans se laisser
Embrasser,
Depuis, je ne sais où me mène,
L'inhumaine !

IV

Je flânais dans mon beau passé
Éclipsé,
Autour de cette vieille halle
D'où s'exhale

Comme un souffle mystérieux
Des aïeux ;
Autour de cette église grise
Dont la frise,

Abritant dans ses vieux granits
Fleurs et nids,
Associe à l'architecture
La nature.

Je grimpais, comme aux anciens jours,
Sur les tours
De notre superbe collège,
Où... que sais-je !...

Avec Ténot fouillant des trous
De hiboux,
Sans y trouver, hélas! la verve
De Minerve,

J'attachais des vers d'écolier
Au collier
Du chat d'***! O naïf badinage
Du jeune âge!

Je revoyais ces verts bosquets,
Frais bouquets
Tout diamantés de rosée
Irisée,

Ces acacias embaumant
Chaudement
De leurs fleurs, que la brise égrène,
La Garenne;

Et toi, qui sous mes pistolets,
T'étoilais,
Humble et patiente chapelle
Sur laquelle,

Venant nous exercer au tir,
— Mur martyr! —
Nous lancions, en riant, nos balles
Radicales!

V

Je ressuscitais ces printemps
Éclatants
Et, chez toi, ces heures dorées,
Ces soirées

Où, quand son rouge capulet
S'envolait
Dans nos valses folles, Julie,
Si jolie,

De son regard te caressant
En passant,
Illuminait ton fauteuil sombre,
Là, dans l'ombre.

Temps que je n'oublierai jamais !
Où j'aimais,
Au milieu de ces bruits de fête,
Cher poète,

A te faire dire parfois
A mi-voix
Quelques vers d'un nouveau poème ;
Où moi-même,

Nageant dans le rythme sacré,
Diapré
Comme la mer dont Vénus dore
L'eau sonore,

Enfant, j'essayais d'accrocher
Au rocher
De notre Poète sublime
Une rime.

1865.

A Mme A. H. DE H.

En avant! c'est le cri de l'ardente jeunesse!
Qui veut tout conquérir : gloire, amour, liberté!
Qui demande au plaisir son incessante ivresse,
Et parfois à la mort sa sombre volupté.
                                A. H. DE H.

En avant! dites-vous à mon âme ravie,

En me donnant ce livre, enivrant souvenir

Où luit le chaud reflet de votre errante vie!

En avant! — Eh bien, oui! partons pour l'avenir!

Prends ma barque, Océan! Gonfle, Aquilon, ma voile!

Flots, dressez-vous! Mon âme est prête à vos combats!

Amazone à l'œil noir, votre regard d'étoile

Illuminant mon ciel, je ne sombrerai pas!

Hier, en savourant les pages de ce livre,

Frais bouquet où l'on sent vos voyages lointains,

De ce brûlant parfum d'Orient mon cœur ivre

Rallumait les soleils de vos jeunes matins!

Sur le rêve, coursier à la fougueuse allure,
Je suivais votre trace au milieu des déserts,
Tout embaumés encor de votre chevelure,
Encor tout résonnants de vos ardents concerts !

Du Bosphore étoilé côtoyant les rivages,
Escaladant les pics du Caucase glacé,
Sous la tente kalmouk, dans les steppes sauvages,
Je cherchais où jadis votre souffle a passé.

Et sur le Dnieper qui, dans ses bras tranquilles,
Comme un vieux père à l'air superbe et souriant,
Caresse avec un tendre amour ses chères îles,
Tout en leur murmurant des contes d'Orient,

Mon âme poursuivait votre pèlerinage,
Et, vous y voyant luire ainsi qu'en un miroir,
Dans ce fleuve enchanté je partais à la nage,
Pour voguer avec vous, ô déesse à l'œil noir !

Paris, mai 1866.

A LA MÊME

Vous allez donc partir pour la froide Russie?
     Dans notre azur quelle obscurcie !
     Adieu ces beaux soirs d'amitié
Où nous réunissait votre âme sérieuse !
     Fatalité mystérieuse
     Qui rompt les cœurs par la moitié !

Changements imprévus des drames de la vie !
Sombre terre : une mort par une autre est suivie,
Et qu'est-ce qu'un départ si ce n'est une mort ?
Et pour un cœur qui sent partir les cœurs qu'il aime
N'est-ce pas un vrai deuil quand, seul avec lui-même,
Il reste à méditer les mystères du sort ?

Allez, partez, voguez, ô Muse voyageuse.

　　　Votre grande aile nuageusé

　　　Aime le ciel de l'Inconnu.

Mais n'est-ce pas assez d'avoir couru l'Asie,

　　　L'Amérique et... la Poésie,

D'où votre cœur, dit-on, n'est jamais revenu?

C'est donc vrai? De nouveau notre horizon se voile.

Adieu ces soirs d'hiver dont vous étiez l'étoile.

Adieu tous ces amis qui se disperseront

Comme des papillons quand disparaît la flamme,

N'ayant plus désormais pour rallier leur âme

Les augustes clartés de votre illustre front !

　　　Paris, 1866.

A R. D.

Dis-leur bien que mes pleurs ont lavé sur ma bouche
Les baisers que j'ai faits à toute autre avant toi !

R. D. (*A la Liberté !*)

Dans cette île immortelle où cet homme sublime
En sa maison grava de sa main de banni,
Pardonnant aux bourreaux, couronnant la victime,
Ces grands mots : — « *Gloria victis! Væ nemini !* »

Oui, tu peux essuyer tes larmes, ô poète !
Enfant, si tu chantas les vainqueurs, autrefois,
Si, d'un aveugle élan saluant la tempête,
S'égara ta jeune âme et se trompa ta voix,

10.

Nous jetons dans l'oubli ton erreur innocente,
Puisqu'en ce jour, voyant chez nous la vérité,
Pleurant de repentir, ton âme frémissante
Demande un fier pardon à l'âpre liberté !

Eh bien, républicain d'aujourd'hui, sois des nôtres !
Puisque tu viens à nous, va, nous croyons en toi !
Les pêcheurs convertis sont les meilleurs apôtres.
Les pleurs du repentir illuminent leur foi :

Toi, sois fier de la tienne ! Elle est plus méritoire
Que la nôtre, allumée en nos cœurs de tout temps,
Nous que la République allaita de sa gloire,
Citoyens de toujours, vieux croyants de vingt ans !

Passer du faux au vrai, de l'ombre à la lumière,
Gravir le bien, c'est plus que d'y naître, souvent.
Poète, honneur à toi qui viens sous la bannière
De notre bataillon ! Salut ! Marche ! En avant* !

Journal *En Avant!* 1866.

* Ces vers firent supprimer le vaillant journal républicain *En Avant!*

MIDI AU CAMP

Midi, roi des étés.
LECONTE DE LISLE.

Il est midi. Le camp harassé se repose.
Le soleil, radieux général de l'azur,
Resplendit au milieu du Tyrol grandiose,
Sur les soldats suivant le héros grand et pur.

Le long du blanc torrent, au pied de la montagne,
Du feu de l'Espérance ils semblent les gardiens.
Un éblouissement flotte sur la campagne
A travers les joyeux bivacs garibaldiens.

A l'ombre des affûts, ils rêvent. Rien ne bouge
Au fond de la vallée où dorment les échos,
L'écharpe bleue autour de la chemise rouge,
Ils ont l'air de bleuets et de coquelicots.

Contre un timon de char broyé dans une ornière
Abritant son front brun sous son vert tablier,
La main sur un baril, dort une cantinière
Qu'en bruissant à peine ombrage un peuplier.

Sauf les flots de la Chiese aux éternels vacarmes,
Tout se tait. La chaleur étreint les bataillons.
Le jour torride allume au loin les faisceaux d'armes
Dressant parmi les fleurs des bouquets de rayons.

Sur les coteaux, le blé joue avec la lumière,
Comme le flux moelleux d'un océan vermeil.
Là-bas, sur les sommets, les sapins en prière
Mystérieusement adorent le soleil.

Les roseaux du marais sommeillent. Dans la vase
Gravement accroupis, les taureaux altérés
Fixent sur l'horizon leurs yeux chargés d'extase.
Un frisson lumineux court sur les joncs dorés.

Un lourd songe envahit la terre solennelle.
Le soleil paternel, qui, d'en haut, la bénit,
Fait peser sur nos fronts son aimante prunelle,
Ainsi qu'un aigle d'or qui plane sur son nid.

En un recueillement immobile tout prie.
Les chevaux vers le sol se penchent, soucieux ;
Et parfois leur naseau flaire avec rêverie
Quelque chose en suspens dans l'air silencieux !

O saint repos des camps ! Entr'acte des mitrailles !
Dormir sur des canons ! Sommeils victorieux
Où, le cœur emporté par l'aile des batailles
En un ciel fulgurant dont on est un des dieux,

On rêve de ta gloire et de ta délivrance,
Belle Venise en proie à des tyrans haïs,
Comme le grand Poète exilé de sa France,
Comme le grand guerrier qui n'a plus son pays !

Va, cité de Manin, immortelle Victime,
Sur ton noble lion bientôt rayonnera
Le jour sacré promis par l'arc-en-ciel sublime
Couronnant Guernesey, la France et Caprera.

Camp de Bagolino, juillet 1866.

APRÈS LE COMBAT DE MONTE SUELLO

Encor blessé ! — Toujours lui que tu prends pour cible,
    Misérable Fatalité !
Toujours le sang martyr de ce cœur invincible
    Pour féconder la Liberté !

Oui, Lion des combats du droit, héros biblique,
    Comme John Brown et Jésus-Christ,
Partout, ton nom sacré, future République,
    C'est avec son sang qu'il l'écrit ;

Mais enfin aujourd'hui, superbe prisonnière
    Des juifs, des papes et des rois,
Puisque son sang étoile encore ta bannière,
    Que ce soit la dernière fois !

O plaines d'Italie, ô pampas d'Amérique,
    Où de son œil éblouissant
Anita l'enflammait dans sa marche homérique,
    Vous faut-il encor de son sang?

O Terre des héros, ô grande ensevelie
    Que réveilla son bras vainqueur,
De son sang désormais sois avare, Italie :
    Car Garibaldi, c'est ton cœur!

3 juillet 1866.

RÉPONSE

Eh bien, de la bataille avez-vous, ô poète,
Senti le souffle ardent passer sur votre tête ?
(27 juin 1866).

Non ! je n'ai pas encor affronté la bataille,
Madame ! Mes vingt ans sont dans l'attente encor.
Je n'ai pas entendu la voix de la mitraille ;
De l'aigle des combats je n'ai point vu l'essor.

Non, je n'ai point humé les senteurs de la poudre,
Et je n'ai pas reçu le baptême du feu ;
Je n'ai pas sur mon front senti passer la foudre
Des canons, cette sœur du tonnerre de Dieu !

On s'est déjà battu cependant ! La Victoire
A loin de nous, hélas ! plané sur trois combats
Dont un long avenir gardera la mémoire.
On s'est battu trois fois, — et je n'en étais pas !

L'autre jour je voyais, couverts de branches vertes,
Des fourgons de mourants que des bœufs charriaient.
Le soleil empourprait les blessures ouvertes.
Braves gens ! On pleurait sur eux, ils souriaient !

Bayonnette au canon, marchant la nuit dernière,
Sous les monts du Tyrol, près du noir lac d'Idro,
Nous avons encor vu, sur la blanche poussière,
Du rouge de bataille, au pont du Caffaro.

Mais toujours inactifs, hélas, nos bayonnettes,
Servant d'axe aux circuits du vol des papillons,
Ont l'air d'épis d'argent où des bergeronnettes
Bientôt, pour se poser, vont quitter leurs sillons.

Ainsi, soldat rêveur, sur ces monts grandioses,
Je lis vos vers charmants, et je cueille pour vous
De bleus myosotis et des cyclamens roses :
Les sentez-vous là-bas, vous qui pensez à nous ?

Camp de Bagolino, juillet 1866.

LA LIBÉRATION DE VENISE

A MA MÈRE

Va, ne te tourmente guère
Si je ne suis de retour :
C'est qu'après les cris de guerre,
Je cours vers les chants d'amour.

D'une villa parfumée
Des bords du bleu lac Majeur
Où les îles Borromée
Se mirent d'un air songeur,

Mère, l'âme tout en braise,
Seul, de nuit, je suis allé
Au voisin lac de Varèse
Par la Victoire étoilé.

Puis, à travers la montagne,
Effeuillant sur mon chemin
Mes souvenirs de campagne
Pleins de ronce et de jasmin,

J'ai gagné le lac de Côme,
Après quoi j'ai visité
Milan, où sur le blanc dôme,
Ébloui, je suis monté.

Et, courant de charme en charme,
OEil au ciel, narine au vent,
O violettes de Parme
Que l'on respire en rêvant,

Enivrantes cassolettes,
J'ai flairé Parme en passant ;
Mais, au lieu de violettes,
C'est du fromage qu'on sent.

Le parfum n'est pas le même :
Quant à moi (moquez-vous-en,
Cher Vacquerie), eh bien ! j'aime
Tout autant le *parmesan !*

A Bologne, heureux asile
De ce chef-d'œuvre immortel
Où chante Sainte-Cécile
Dans un ciel de Raphaël,

En arrivant, j'ai fait route
Vers *la Certosa,* lieu tel
Qu'un mort aime autant sans doute
Dormir là que dans le ciel.

A Ferrare, on voit encore,
Près de l'antique château
De la belle Éléonore,
La prison de Torquato.

Là, l'ogive orientale
Du balcon tressé de fleurs.
Ici, la roideur fatale
Du cachot baigné de pleurs !

A deux pas (autre caresse
De l'amour, ce doux bourreau !)
Rougit la chambre où Lucrèce
A tué son Gennaro !

Un gavroche que j'accoste
Me conduit, d'un air guerrier,
A la maison d'Arioste
Qu'habite son encrier,

Noble débris solitaire,
Aussi triste que sera
La riche et féconde terre
Quand l'Océan séchera !

Puis, cueillant des marguerites,
Je m'en vais à Rovigo,
Qui (c'est un de ses mérites)
Rime avec Victor Hugo.

Venise !... — Allons, ma gondole,
De ta voile courbe l'arc
Et lance-moi, que je vole,
Comme une flèche, à Saint-Marc !

Salut, ô lion sublime,
Qui planes sur la cité,
Tendant, du haut de ta cime,
Ton aile à la liberté !

11.

Salut, paradis gothique
Du génie oriental,
Grandiose, fantastique,
Merveilleux palais ducal,

Large forêt de colonnes
Dont les chapiteaux divers
Montrent autant de couronnes
Prises sur tout l'univers,

Chapiteaux des anciens temples
De tant de peuples soumis,
Où, Venise, tu contemples
Tes triomphes endormis !

Salut, sainte basilique,
Étalant sur ton front pur
Tes bandeaux de mosaïque
Et tes coupoles d'azur.

Salut, clocher en délire,
Berçant, spectre réveillé,
Tes cloches, comme une lyre,
Sur ce peuple émerveillé

Vers lequel l'Adriatique,
Étouffant ses vieux sanglots,
Lance un chant patriotique,
Vaste alléluia des flots !

Salut, Venise, à ta fête !
Quel éblouissant soleil
A resplendi sur ta tête,
Ce matin, à ton réveil !

O résurrection sainte
D'un peuple mort ! Un tombeau
Qui s'ouvre ! Une étoile éteinte
Qui rebrille ! Que c'est beau !

La foule, mer frénétique
Au formidable hourrah,
Roule le nom prophétique
Du lion de Caprera.

Dans les maisons pavoisées,
A la lueur des flambeaux
Frissonne et claque aux croisées
Tout un peuple de drapeaux ;

Et, fiévreuses citoyennes
Au vrai cœur républicain,
Les belles Vénitiennes
A l'œil ardent et taquin,

Dans ce saint délire, embrassent
(Baisers qu'emportent les vents !)
Les garibaldiens qui passent,
Ces drapeaux rouges vivants !

Sur les eaux bariolées
Du canal resplendissant,
Les gondoles effilées
Qui glissent comme en valsant,

Des deuils mornes de naguère
Se consolant en ce jour,
Afin d'oublier la guerre,
Chantent des refrains d'amour.

Et moi, gracieuse mère,
Je tâche ici d'adoucir
Plus d'une pensée amère
Dans tous ces flots de plaisir,

Et d'enivrer par ces charmes
Mes rêves qui, dans leur vol,
Ont versé de sombres larmes
De regret pour le Tyrol;

Pour que, rentrant vers Cagire,
Vers mon fleuve et vers mes bois,
Je te rapporte un sourire
Franc et gai comme autrefois

Là-bas, dans mon vieux repaire,
Sous tes yeux d'ange gardien,
Bien que, tôt ou tard, j'espère
Être encor garibaldien. —

Mais, tiens, ma lampe agonise,
Et l'on n'y voit plus. Bonsoir.
Dix-neuf octobre. — Venise. —
A bientôt, mère. Au revoir !

Venise, 19 octobre 1866.

L'ILLUMINATION DE VENISE

Nox alma fuit.
PENSE.

Quelle nuit magnifique ! On dirait une aurore !
Une flamme en spirale aux trois couleurs reluit
Sur ces granits altiers portant Saint-Théodore
Et le noble lion de Saint-Marc : alme nuit !

Phares du souvenir ! Lumineuses colonnes !
Venise, tressaillant comme à l'appel d'un dieu,
Du fastueux passé relève les couronnes
Et vers la liberté dresse ses bras en feu.

Sur ton narthex brodé d'éclairs, ô basilique,
Scintillent tes chevaux de bronze aux fronts ardents.
A ta frise rayonne un animal biblique,
Monstre ailé déchirant la foudre entre ses dents.

Des bouquets étoilés s'envolent d'île en île,
Secouant des rubis et des saphirs dans l'air.
Drapé dans des rayons vermeils, ton campanile
Interroge Venise, en regardant la mer.

Et tous les vieux clochers, hérissés de bannières,
Lui répondant en chœur, dans les cieux enivrés
Mêlent leurs voix d'airain, hier encor prisonnières :
Formidable hosanna de géants délivrés !

Les écussons flambant sur les Procuraties
Ont l'air de blasonner un féerique château.
Un ruban aux lueurs par moments éclaircies
Découpe en festons d'or l'arche du Rialto.

Balustres, piédestaux, fûts, chapiteaux, pilastres,
Coupoles, clochetons dont la flèche éblouit,
Forêt de marbre où l'œil croit qu'il a plu des astres,
Ce soir, Venise en fleurs de feu s'épanouit !

Car Venise renaît à sa grandeur antique !
Il semble que, traînant un linceul constellé,
Sur tes flots apparaisse, ô bleue Adriatique,
Le spectre de Manin si longtemps exilé !

Le drapeau dont l'Autriche arborait l'insolence
S'est envolé dans l'ombre avec ses noirs vautours.
L'arsenal, pavoisé d'oriflammes, balance
Des lanternes de fête aux créneaux de ses tours.

A ses pieds, le regard perdu dans l'empyrée,
Contemplant le passé plein de gloire et de deuil,
Ces grands lions de marbre enlevés au Pyrée
Sous des chaînes de fleurs rêvent avec orgueil.

Mille drapeaux, de mâts en mâts, sur la lagune
Font gaîment ondoyer des teintes d'arc-en-ciel.
Vers les feux du Lido descend la blanche lune,
Comme l'oiseau portant l'olivier fraternel.

Les vaisseaux, aux reflets empourprés de cette île,
Semblent bercer une aube ; autour du grand canal,
L'ogive ardente au front des vieux palais rutile.
Chaque dôme étincelle... Et toi, pas un fanal

N'éclaire ta grandeur où le deuil s'éternise,
Mystérieux palais des doges, qui, ce soir,
Seul, dans l'éblouissant délire de Venise,
Comme pour te cacher, sembles masqué de noir ?

rains-tu que la lumière, effrayant les ténèbres
ù le temps condensa l'horreur des souvenirs,
le hérisse soudain de visions funèbres
t tes plombs, et tes puits, et le pont des Soupirs?

h, qu'importe! Un reflet idéal t'illumine!
es murs gris sont pour moi transparents, et mes yeux
econnaissent, hautains, sous l'éclatante hermine,
ans leurs grands cadres d'or, des spectres radieux...

i, dans ces tableaux vivants où la Victoire
rille encore aux regards des immortels guerriers,
e vois se réveiller l'antique ciel de gloire
ui fit grandir jadis Venise et ses lauriers.

quoi bon allumer tes somptueux portiques,
lerveilles où, la gloire à l'art se mariant,
es trèfles byzantins aux volutes gothiques
onnent le chaud baiser du magique Orient.

rave palais ducal, sous ton froid manteau d'ombre,
alpite et luit encor tout un passé vermeil.
éronèse y rayonne! Et l'Art sur ton front sombre
hore son pinceau trempé dans le soleil.

Sur la place Saint-Marc où le fier clairon vibre,
Jamais un ciel si pur avait-il resplendi !
Les gais Vénitiens, sentant Venise libre,
Se pressent en criant : — Vive Garibaldi !

Glissant sur les canaux aux vagues chatoyantes,
Frétille un fol essaim de bateaux chamarrés :
Barques, bissons, scalés, péotes, galligiantes :
Des voilures de soie avec des mâts dorés !

En de légers esquifs aux vagues mousselines
Voguent d'errants concerts lents et vifs tour à tour :
Guitares, violons, harpes et mandolines
Où d'élégantes mains scandent des airs d'amour.

O luxe oriental ! Flottantes farandoles !
Feux de bengale, au ciel semant les trois couleurs !
Cortège éblouissant de rêveuses gondoles
Débordant de rayons, de femmes et de fleurs !

Les unes, sur leur poupe, élèvent des mosquées
Aux frêles minarets, d'où s'envolent des voix !
Comme des éléphants, d'autres, de tours flanquées,
Balancent mollement des kiosques chinois.

D'autres encore, ouvrant leurs blancheurs aux étoiles
Comme de grands oiseaux d'argent au lourd essor,
Traînent de riches dais de velours, et les voiles
Frôlent des baldaquins de pourpre à franges d'or.

De moire et de lampas d'azur capitonnées,
Ces flottilles, joyeux concert qui monte au cœur,
Croisant leurs nefs, de feux éclatants couronnées,
Du grand Italien chantent l'hymne vainqueur.

Les gondoliers, vêtus de satin tricolore,
Affolent la lagune aux miroitants îlots
Qui, sous leurs avirons bigarrés, sent éclore
Des constellations nouvelles dans ses flots.

O nuit, qui rends Venise à sa splendeur première !
Féerie où l'on croit voir, conduit par des Esprits,
Un galop d'harmonie, un galop de lumière
Sur le lac enchanté qui berce les houris !

Venise, 1866.

SUR UN ROCHER DU LIDO

A GEORGES RAFAEL

> Et la feuille du lierre a la forme d'un cœur.
> V. H. (*Légende des siècles.*)

Assis, en plein clair de lune,
Sur un rocher du Lido
Où l'amoureuse lagune
Égrène ses perles d'eau,

Je trouve, en ouvrant ta lettre,
Un brin du lierre encadrant
Chez toi le buste du Maître
Que l'Exil, hélas, nous prend !

Cher George, en plantant ce lierre,
Franchement il t'est venu
Une idée hospitalière,
Car le socle a l'air bien nu :

Rien ! pas même une arabesque,
Animant le piédestal
Du Poète gigantesque
Au génie oriental !

Lui, de l'Art grand patriarche,
Qui sur l'Océan des vers,
A lui seul, tient dans son arche
De quoi peupler l'univers,

Des dieux, des héros, des anges,
Des satans, des fous, des gueux,
Des géants, des nains étranges,
Des chevaux au vol fougueux

Frôlant, monstres de la gloire,
Le zénith dans leur essor,
Des gipsys aux dents d'ivoire,
Des chèvres aux cornes d'or,

Lui, le buveur d'ambroisie,
Qui mêle en son front astral
Le grave à la fantaisie,
La Nature à l'Idéal !...

D'ailleurs, pour sculpter la tête
De ce hardi créateur,
Il eût fallu qu'un poète
Eût pensé dans un sculpteur.

Mais dans cette œuvre impuissante,
Tu suppléas à demi
A la Poésie absente
En plantant ce lierre ami

Qui, d'un élan sympathique
Avec fierté s'élevant,
Offre au géant romantique
Un diadème vivant,

Sans redouter qu'Il l'accueille
D'un regard froid ou moqueur,
Car Il a dit de sa feuille
Qu'elle *a la forme d'un cœur*.

Et dans ta lettre où verdoie
Ton souvenir, aujourd'hui
Mon cœur sent, rempli de joie,
Que ton cœur est près de lui.

Je t'écris sous les étoiles,
Au chant langoureux et pur
Des pêcheurs lavant leurs toiles
Dans ces flots d'or et d'azur,

A la clarté de la lune
Qui semble, en ses jeux charmants,
Aux algues de la lagune
Enfiler des diamants.

Venise, octobre 1866.

LE PONT DES SOUPIRS

I

Entre ce paradis des doges, ô poète,
Et ces prisons d'enfer, sur le pont des Soupirs,
Ce soir, je regardais une blanche mouette
Tendre son aile au souffle agité des zéphyrs.

Lente, elle tournoyait sur le vieux pont funèbre
Et parfois effleurait la courbure des flots
Qui, sombrement rayés comme les flancs d'un zèbre,
Palpitaient aux lueurs tremblantes des falots.

Je suivais les zigzags de l'oiseau dans le vide,
Passant et repassant sur cet arc douloureux
Qui plane dans l'effroi, trait d'union livide
Entre les plombs ardents et les puits ténébreux !

Et le frémissement sinistre de cette aile,
Dont l'ombre serpentait sur la moire des eaux,
Faisait frissonner l'air plein d'une angoisse telle
Qu'un vertige glacé me courait par les os.

Une aile, dans la nuit, remuant le silence !
Froide comme un vieux deuil s'échappant de l'oubli,
Lourde comme un remords dont le poids se balance
Sur une âme où s'éveille un crime enseveli !

II

La mouette un instant disparut sous la voûte
Du pont noir, puis entra dans un creux du granit,
Au flanc de la prison funéraire où, sans doute,
Ce printemps, amoureuse, elle avait fait son nid.

III

Va, pauvre oiseau des mers, frôlant cette arche sombre,
Ce terrible sourcil de Venise, jadis,
Qui d'un seul mouvement précipitait dans l'ombre
Les victimes du doge ou du conseil des Dix,

Vois-tu ? par l'œil fatal du rêve poursuivie,
Hélas ! mon âme aussi dut, un jour, d'un seul pas,
Franchir l'amour, ce pont des soupirs de la vie,
Vers des captivités dont on ne revient pas !

Et déjà, regrettant mon ciel libre naguère,
Pour si large que soit mon errant horizon,
Dans ma calme montagne, en voyage, à la guerre,
En mer, aux camps, partout, mon cœur est en prison !

Mais je couvre en chantant les plaintes de ma chaîne,
Et j'éclaire ma nuit des larmes de mon cœur !
Et, seul sur ma gondole, ô grande châtelaine,
Foudroyé, je bénis votre regard vainqueur !

IV

Et toi, poète ingrat, qui maudis tes défaites,
Souffre! De ces douleurs il est bon de souffrir!
Aime! Sois heureux d'être en proie à ces tempêtes :
L'étoile des beaux yeux empêche d'y périr!

Laisse enflammer tes jours par ces éclairs de femme,
Brûles-y ta jeunesse en délire! A ton tour!
Laissons, comme un phénix, se consumer notre âme
Qui doit prendre l'essor, du bûcher de l'amour!

Venise, octobre 1866.

REGRET

I

Où sont ces beaux jours d'alors,
    Qu'un rêve couronne,
Où, le cœur plein des trésors
De mon amour, sur les bords
    De notre Garonne,

Le long des marronniers verts,
    L'âme ensoleillée,
Autour des rosiers couverts
De papillons, à travers
    La claire feuillée,

Vous suivant silencieux,
    Fée aux boucles blondes,
Je voyais sous l'or des cieux,
Comme mon cœur sous vos yeux,
    S'embraser les ondes.

II

Cueillant sur ces frais chemins
    Vos fleurs favorites
Pour les sentir dans vos mains,
Des verveines, des jasmins
    Et des marguerites,

J'y humais fiévreusement
    Des rêves sans nombre.
Et, dans l'herbe, doucement
Votre pied, esquif charmant,
    Flottait sur mon ombre.

13

Et moi, Madame, à mon tour,
D'une allée à l'autre,
Marchant plein d'un vague amour,
J'inclinais mon ombre, pour
Embrasser la vôtre.

Ile de Capri.

TRISTESSE

Que la mer était belle à voir
Quand l'aube a doré notre voile !
Au soleil sa riante toile
Palpitait, comme mon espoir.

Adieu ! Déjà le ciel se voile !
L'ombre t'appelle en ton manoir.
Là-bas, sur ce long arbre noir,
Oh, quel air triste a cette étoile !

Où vont le génie et l'amour?
La beauté fuit, comme le jour,
Vers la vieillesse, nuit morose.

Vois... Ce matin, je te montrais
Un papillon sur une rose :
Ce soir, Vénus sur un cyprès !

Naples.

A MON PEUPLIER

Ce peuplier, qui fut par mon père planté
Le jour de ma naissance, et qui, dans sa fierté,
  Semblait avoir un siècle à vivre,
N'entendra plus, le soir, chanter le rossignol,
Je le retrouve, hélas ! de retour du Tyrol,
  Gisant sous un linceul de givre.

Devant ce cher martyr de l'hiver meurtrier,
Au seuil de mon jardin, s'élève un vieux laurier
  Portant crânement son grand âge.
Attaché par un câble au mur de la maison
Où luisent ses rameaux verts en toute saison,
  Il atteint le troisième étage.

13.

Hier, sous un coup de vent ce lien s'est brisé.
Et le laurier superbe, à demi renversé,
     Sur ce peuplier, long cadavre,
Penche ses bras en deuil, et, le front incliné,
Semble à cet arbre frère, hélas ! déraciné,
     Adresser un adieu qui navre !

Et pourquoi, tels que l'homme en proie au noir souci,
Arbres, n'auriez-vous pas vos tristesses aussi ?
     Seriez-vous donc seuls sans alarmes !
Vous chantez par vos nids, vous riez par vos fleurs ;
Mais vous devez souffrir d'invisibles douleurs :
     Les choses mêmes ont des larmes !

Les arbres n'ont-ils pas une âme comme nous ?
Oh ! ce laurier, courbé tel qu'un saule, à genoux
     Baisse son orgueilleuse tête.
Et parfois un petit oiseau, comme un baiser,
Envolé d'une rose en pleurs, vient se poser
     Sur ce vaincu de la tempête.

La brise fait frémir son beau feuillage vert.
On dirait qu'un écho de l'adieu de Schubert

Vibre en ses feuilles murmurantes.
O mon peuplier mort! ami de tes malheurs,
A tes pieds ce laurier répand, comme des pleurs,
Ses graines, perles odorantes.

Mais, pour lui rendre enfin l'ivresse de l'azur,
Je relève sa tige, et je la rive au mur
D'où le décrocha la tourmente.
Et je vais recueillir ses graines, señora,
Pour faire un bracelet qui sans cesse dira :
— Je t'aime! — à votre main charmante.

Puis, pour orner un peu, trop rustique ouvrier,
Ce naïf bracelet de graines de laurier,
Je veux y suspendre, ô ma dame,
La tête aux reflets d'or d'un brillant colibri
Qui naguère vivait dans un jasmin fleuri,
Ainsi que l'amour dans votre âme.

Saint-Gaudens, janvier 1867.

AMICITIA

A LÉON CIEUTAT

> *O fons Bandusia*
> *Splendidior vitro!*
> HORACE.

I

Hier, des jours défunts évoquant la mémoire,
A ton nom seul, mon cœur triste s'est ranimé,
Léon, toi le premier ami que j'aie aimé,
A l'âge où l'on poursuit les papillons de moire.

Toujours ensemble, esprits vermeils, cœurs sans souci,
Folâtrant à travers les chaudes sérénades,
On nous menait jouer aux mêmes promenades
Et l'on nous faisait lire au même livre aussi.

Nous paraissions à deux n'avoir qu'une seule âme.
Oiseaux, insectes, fleurs, tout semblait nous bénir,
Comme si, fronts jumeaux, pour un même avenir
La même étoile d'or nous couvait sous sa flamme.

Nos jardins, comme nous, devenus familiers,
Échangeaient des parfums de myrthe et de verveine.
Le rossignol, buvant à ta claire fontaine,
Venait chanter, le soir, sur mes frais peupliers.

Et mes frais peupliers à la fine ramure
Que les zéphyrs des nuits font trembler sous leur vol
Semblaient bercer avec le chant du rossignol
L'écho de ta fontaine au limpide murmure.

Fontaine harmonieuse! Ah! jamais une autre eau
Embrassa-t-elle mieux le ciel qui s'y reflète?
En te touchant au front, elle te fit poète :
— *O fons Leonina splendidior vitro!* —

II

Comme en fuyant nos prés fleuris où l'agneau broute,
Notre Garonne perd son nom, — âge éclipsé,
Ce bleu Présent bientôt s'appela le Passé ;
Et l'Avenir pour nous ouvrit sa double route :

La route du bonheur et la route du deuil !
Tu suivis la première et je pris la seconde.
Et déjà nous fendons tous deux les flots du monde,
Toi, toujours dans l'azur, moi toujours vers l'écueil.

Sans maudire pourtant la houle qui m'emporte,
Carguant ma voile, hélas ! déchirée à demi,
Si de ce passé mort il me restait l'ami,
Consolé, je dirais aux tempêtes : — Qu'importe !

Ton souvenir sacré, de mes soucis vainqueur,
A travers les brouillards dont mon ciel gris se voile,
Comme un rayon tombé de ton heureuse étoile,
Viendrait m'illuminer parfois les nuits du cœur.

Et, tandis que je cours de tourmente en tourmente,
Tu ne te dis jamais : — Mon ami que fait-il ? —
Et je n'ai, pour sourire à mon errant exil
Que les tendres regrets de ma mémoire aimante.

Mais l'oubli n'est qu'un pas du temps, ce vain bourreau.
La mort n'est qu'un sommeil pour notre âme éternelle.
Quand donc ton souvenir rouvrira-t-il son aile ?
— *O mens Leonina fragilior vitro!* —

1866.

SOUVENIR D'UNE VISITE

A UN PHILOSOPHE

A M. A. GATIEN-ARNOULT

Un jour, j'étais allé voir un rêveur austère,
Chercheur des vérités du ciel et de la terre,
Bienveillant philosophe aux heureux cheveux blancs,
Dont les yeux, de pensée encore étincelants,
Spirituels miroirs d'une âme douce et fière,
Rayonnaient d'une franche et joyeuse lumière.

Ému, je revenais de ce divin pays
Qui fascine toujours mes rêves éblouis,

Ce pays du soleil aux éternelles fêtes,
Paradis des amours des fleurs et des poètes,
Sol fertile où la gloire a toujours resplendi,
Berceau sacré de Dante et de Garibaldi !

Et, tout chaud des rayons de ce ciel magnifique,
En devisant avec cet homme sympathique
Ami de la Raison et de la Liberté,
Je laissais déborder de mon cœur exalté
Mon saint enthousiasme, ô ma belle Italie !
Et sa grave sagesse écoutant ma folie
Souriait doucement à mes fougueux discours.

C'était dans la cité chère aux vieux troubadours.

Or, comme nous causions des gloires de Venise,
La fille de sa fille, enfant qu'il divinise
Et qui du Titien eût ravi le pinceau,
Entra furtivement comme un léger oiseau,
Et, fraîche comme l'aube en qui le soir espère,
Vint donner un baiser au front de son grand-père.
Ses cheveux fins et longs flottaient. Dans ses grands yeux
Son âme encor gardait comme un reflet des cieux ;

14

Et dans sa voix vibrait une telle musique,
Qu'aussitôt oubliant art et métaphysique,
Dans l'apparition de sa jeune beauté
Je crus voir, ébloui par ce front enchanté,
La Poésie en fleur qui sacre et glorifie
Donner une caresse à la philosophie !

— Heureux aïeul, pensais-je, en lui serrant la main :
Jadis, pour contempler, pauvre forçat humain,
L'Idéal, par delà notre terrestre fange,
Socrate eut son démon. Vous, vous avez votre ange.

Toulouse, 1866.

24 FÉVRIER 1866

A pareil jour, vieux père Océan, l'an passé,
Avec toi je jouais, par tes vagues bercé,
Gai nageur oublieux de l'hiver, car mon âme
Sentait Quarante-Huit briller sur chaque lame.
Tournoyant au-dessus du *Rocher des Proscrits*,
Les hardis goélands m'excitaient de leurs cris.
Suivant une lueur au ciel, comme les mages,
Traînant leurs manteaux blancs sur les flots, les nuages
Dans cette île où Victor Hugo s'est arrêté
Avaient l'air de venir fêter la Liberté :
Dans un nimbe vermeil, comme Vénus, sur l'onde,
A mes yeux rayonnait cette mère du monde.
Et, gonflant ta poitrine, orgue de flots mouvants,
Mêlant ta voix immense à l'orchestre des vents,

Roulant tes longs accords sur la côte française,
Océan, tu semblais rugir la *Marseillaise*.

O charme de la mer ! ô mirage idéal !
Je nageais, je croyais tourner dans un grand bal.
J'étreignais, en rêvant de valses effrénées,
Les vagues, de bouquets d'algues d'or couronnées,
Qui paraissaient fêter le peuple, ce titan
Fécond, terrible et pur comme l'âpre Océan !

Le soir montait. Quittant cette fête sauvage,
Vite je regagnai les rochers du rivage,
Et puis j'escaladai ces funèbres coteaux
Où, jadis, balancés sur leurs sanglants poteaux,
Heurtés contre le bois gluant, croisant leurs ombres,
Sous les vents de la nuit claquaient les pendus sombres.
Froide et blanche, voguant à travers un ciel pur,
Comme un cygne de neige au cœur d'un lac d'azur
Plein de lotus vermeils, la lune à pleines voiles
Guidait sa nef d'argent à travers les étoiles.
Je croyais voir des noms en astres d'or écrits...
Enfin, l'heure arriva du banquet des proscrits.

O glorieux martyrs, proscrits à barbe blanche,
Arbres qui du destin subissez l'avalanche,
Mais qui, toujours debout, des tempêtes vainqueurs,
Luttez encor, portant l'avenir dans vos cœurs;
Gardiens du feu sacré de notre République,
Qui m'avez accueilli dans ce banquet civique
Où j'eus l'heureux honneur, j'en serai fier toujours,
De mêler ma parole à vos ardents discours,
O vous, de qui ma foi reçut le vrai baptême,
O soldats de l'exil, ô proscrits, je vous aime!
Et, loin de vos rochers, je pense à vous, ce soir.

Mais puisqu'à leur banquet je ne pourrai m'asseoir
Aujourd'hui, n'étant plus dans leur île fleurie,
Où, tandis qu'ils boiront à leur pauvre patrie,
J'aurais porté mon toast à leur vaillant exil,
Vers qui donc mon regard se retournera-t-il?

Vers vous, qu'ici jeta la tyrannie infâme,
Avec respect mon front s'incline, noble femme!

O sympathique fleur du cher pays hongrois,
Que de déceptions, que de deuils, que d'effrois,

14.

Depuis votre naissance ont blessé votre vie!
Ame par les essaims du malheur poursuivie,
Vous qui, marchant toujours vers de noirs horizons,
Cinglant vers les exils au sortir des prisons,
Des vils bourreaux d'Autriche avez souffert la rage,
Hélas! que de douleur en vous, que de courage!
Oh! vous avez suivi la Hongrie à la croix,
Au lugubre calvaire où la gardent les rois
Qui craignent, dans leur nuit, hideux bergers du crime,
De voir se réveiller demain cette victime
Sur ce sanglant Arad, frère du Golgotha!
Car on dit que, le soir, sur sa chère *puszta*,
Au mirage du sol mêlant sa rêverie,
Le paysan chez qui vit toujours la Hongrie
Voit, brandissant un glaive au fulgurant défi,
Reparaître à cheval l'immortel Petœfi,
Dont la magique voix, qui pour lui toujours vibre,
S'écrie : — O mon pays, bientôt tu seras libre!

LE BOUT DU PUY

A M. A. LAPÈNE

Jadis, par les vallons, dans les taillis épais,
Du collège, parfois, rêveur, je m'échappais.
Sur les flancs onduleux des collines prochaines,
Cherchant des nids d'oiseaux, écoutant les vieux chênes
Dont l'hymne retentit dans mon cœur aujourd'hui,
En face de mon cher Cagire, au *Bout du Puy*,
Tourmentant, pour jouer, l'ermite en sa tanière,
Je faisais, fol enfant, l'école buissonnière.

Parmi ces vieux rochers que j'aime avec amour,
Une fois, égaré, je courus tout un jour

Dans les ravins mousseux étoilés d'hépathiques.
La neige étincelait sur nos monts extatiques
Où le soleil dardait ses rayons infinis.
Le bruit des eaux, les cris du vent, le chant des nids,
Ces tons multipliés de l'éternelle gamme
Firent naître un écho magique dans mon âme.
Et, ravi, descendant la colline, le soir,
Le long d'un ruisselet que je suivais pour voir
Dégringoler la lune à travers les ramures,
Moi-même débordant d'inconscients murmures,
Au milieu des buissons et des sources du bois,
Je crus que j'entendais me parler une voix.

Or, la nuit, écoutant le fleuve, solitaire,
Entre le monde et moi je sentais un mystère,
Et je me demandais, en mes rêves perdu :
— Dans les bois aujourd'hui qu'ai-je donc entendu ?

Un autre soir, c'était chez toi : les flammes roses
Doraient l'âtre, esquissant mille métamorphoses.
Des feuilles de bois sec, en ardents tourbillons,
Volaient, resplendissant comme des papillons

Qui sortent de leur larve, éclatantes merveilles !
Sur les contorsions des ramilles vermeilles
Dont s'écaillait la braise, on voyait tournoyer
Les étincelles d'or, étoiles du foyer.
Et, comme un cœur brisé d'où saigne un dernier rêve,
Dans le feu consumant le reste de sa sève,
Le tronc d'un chêne antique, en flambant, soupirait,
Qui sait? un souvenir suprême à sa forêt !
Nous te faisions parler de tes jeunes années
Qu'Isaure de ses fleurs jadis a couronnées.
Et, dans le cercle heureux de tes petits-enfants,
Grave, tu nous disais tes hymnes triomphants.
Cette langue des vers, au bruit des cieux pareille,
De ses accords sacrés enchantait mon oreille.
Par le rythme mon cœur se sentit enivré.
Et, comme possédé de ce Verbe inspiré,
Dans la nuit, contemplant cet éternel poème,
Le ciel, je cadençais tout bas des vers moi-même,
Et je crus reconnaître en mon âme la voix
Que, dans les bois, j'avais entendue autrefois.

O poésie ! hélas ! fée aux terribles charmes,
Bien que ton idéal soit constellé de larmes,

Ai-je vagabondé sous ton regard vainqueur
Dont parfois j'ai senti s'illuminer mon cœur!
Et, bien que ta mamelle, ô Muse, fût amère,
Je t'ai suivie, ainsi que le chevreau sa mère,
Partout, sur les vieux monts, dans les camps étoilés,
A travers les débris des forts démantelés,
Sentant ta sainte ivresse embraser mes entrailles,
Amoureux de la mer farouche et des batailles!

1866.

A UN ROSSIGNOL

Ce printemps, à sa croisée,
Eh bien, es-tu revenu,
Rossignol, ode adressée
A ses yeux par l'inconnu ?

Quand elle rêve sans voile
Sur la tour du vieux manoir,
Le prenant pour une étoile,
Chantes-tu son grand œil noir,

Cet œil plein d'ardent délire,
Cet œil au brûlant rayon,
Dont son amoureuse lyre
Est l'harmonieux Memnon ?

Cher oiseau, loin des broussailles
Où tu reposes ton vol,
Pour écouter les batailles
Te quittant, doux rossignol,

Je voulus savoir naguère,
Garibaldien troubadour,
Si les rumeurs de la guerre
Valent la voix de l'amour.

Je préfère les rafales
Aux caresses des zéphyrs ;
Mais, après le bruit des balles,
J'aime encore tes soupirs.

Après les âpres montagnes
Et les aigles du Tyrol,
Je reviens dans nos campagnes,
Tout à toi, cher rossignol.

Chante-moi donc quelque chose,
Mon vieil ami d'autrefois,
Tes amours couleur de rose,
Tes rêves au fond des bois.

Dis-moi l'hymne qui s'exhale
De ses fines lèvres d'or,
Quand sa main orientale
Sur sa harpe prend l'essor.

Chante, gai rossignol, chante.
Mon âme t'écoute et suit
Le vol de ta voix touchante
Sous l'œil aimant de la nuit.

1867.

COMBIEN SOMMES-NOUS?

A JULES LAGAILLARDE *

> Combien sommes-nous ?...
> JULES LAGAILLARDE.

Combien sommes-nous, dis-tu, qui, dans l'ombre
    Marchons d'un pied sûr
Vers l'astre qui doit rendre à ce ciel sombre
    L'éternel azur?

Combien sommes-nous? La plupart, poète,
    — Pourquoi les compter? —
Vainqueur, tu les vois suivre ta conquête,
    Vaincu, déserter!

* Mort à Paris, pendant le siège (1870).

Combien sommes-nous? Hélas! ceux qui meurent
        Dans l'exil profond,
Sublimes absents, sont ceux qui demeurent!
        Les autres s'en vont!

C'est qu'il faut, vois-tu, du cœur à la tête
        Être bien taillé, .
Pour rester encor, lorsque la tempête
        A tout balayé!

Tous ne savent pas, amis de l'orage,
        Parmi les éclairs,
Boire, résignés au sort du naufrage,
        L'écume des mers!

Oh! combien de mâts déployant leur voile
        Vers la vérité,
Combien de drapeaux dressés vers l'étoile
        De la Liberté,

N'osant plus te suivre, ô lueur vermeille,
        Restent en chemin!
Plus d'un, qui marchait en avant la veille,
        Fuit le lendemain!

Combien sommes-nous? — Poète, qu'importe?
Ne nous comptons pas ;
Car pour général de notre cohorte
Nous avons là-bas,

Sculptant l'avenir, ce grand patriarche,
Le chef des proscrits,
Prophète inspiré, dont la tête est l'arche
De tous les esprits.

Saint-Gaudens, 1867.

VISITE A JERSEY

AU DOCTEUR LOUIS GORNET

Qu'il est doux pour le cœur de revoir des rivages
Où l'on peut réveiller des rêves endormis,
Et de serrer la main de chers et vieux amis
Qu'on n'a pas oubliés dans ses courses sauvages.

Qu'il est doux lorsque l'âme, ivre de son tourment,
Succombant sous le deuil lugubre qu'elle souffre,
De jour en jour se laisse entraîner vers un gouffre
Qui semble l'aspirer vertigineusement,

Qu'il est doux de donner à sa tristesse intime
L'appui consolateur d'êtres que l'on chérit,
Dont le cœur vous ranime et dont l'œil vous sourit,
Comme un bon arc-en-ciel rayonnant sur l'abîme !

15.

Vous souvient-il, docteur, de ces longs soirs d'exil
Où votre chaud foyer m'égayait à sa flamme?
J'allais chez vous revoir la patrie en votre âme.
De ces heures d'hiver, ami, vous souvient-il?

J'arrivais quelquefois tout baigné par l'orage,
A minuit. En riant, vous attisiez le feu...

. . . .

. . . .

Un soir, en devisant de ce lugubre empire,
Nous écoutions rugir le superbe Océan
Qui jetait vers le ciel ses plaintes de titan,
Car, tel que nous, après une étoile il soupire,

L'âpre balancement du flux et du reflux,
Tour à tour dépouillant et revêtant les grèves,
Symbolisait la vie, abîme plein de rêves
Fuyant comme les flots, mais ne revenant plus !

Et, songeant à nos temps faits de gloire et de honte,
L'un encore au matin, et l'autre près du soir,
Nous regardions, d'un œil de regret et d'espoir,
Vous, le flot qui descend, et moi, le flot qui monte !

Sous les longs plis mouvants de ces déserts de flots
Pour l'œil de l'exilé gonflés d'un noir mirage,
Triste, vous regardiez s'engloutir dans l'orage
L'Honneur et la Patrie, à travers des sanglots !

Moi, je voyais venir, formidable marée,
Le peuple aux chants vainqueurs, roulant d'affreux débris
De trônes, d'échafauds, de croix, vers les proscrits
Qui gardent ton drapeau, République sacrée !

Ile de Jersey 1867.

RÊVERIE

I

Vous ai-je vue, ou bien est-ce un rêve, madame ?
Une première fois, ce fut cet heureux jour
Où, vous aimant déjà depuis longtemps, mon âme
Voulait enfin tout haut vous dire son amour.
Les oiseaux, dans le parc, chantaient de douces choses.
Vous en souvenez-vous ? Encore je vous vois
Me cueillir cette fleur couleur de vos doigts roses.
Je voulais vous parler, et je n'eus pas de voix !

II

Une seconde fois, je partais pour cette île
Où cause avec la mer ce proscrit sombre et pur.
Et, sur ma route, ainsi qu'une étoile qui file,
Je vous vis apparaître avec un schall d'azur.
Et, comme il reste aux flots la trace du navire,
Comme à l'œil ébloui le reflet du soleil,
Fasciné par l'éclat de votre beau sourire,
Loin de vous, j'ai gardé ce souvenir vermeil.

III

Une troisième fois, revenant d'Italie,
Maigre comme un croisé du moyen âge, un soir,
J'eus en chemise rouge, en passant, la folie
D'aller vous saluer dans votre heureux manoir.
Quel air étrange avaient tous ces vieux royalistes,
Lorsque chez vous entra ce gai garibaldien !
Je baisai votre main, femme aux yeux grands et tristes,
Où luit parfois un vif éclair esméraldien.

IV

La quatrième fois !... Je ne puis pas y croire.
Hier, je vous voyais, et ne vous disais rien !
De notre fleuve bleu le ciel dorait la moire.
Le printemps et l'amour enivraient tout ! — Eh bien,
Serait-ce que mon cœur, cachant en lui sa flamme,
Envers vous téméraire et timide à demi,
Trouve que ce silence admirateur, ô femme,
Est le plus naturel aveu ? — *Remember-me !*

1868.

A MON CHER PROFESSEUR DE PHILOSOPHIE

M. Ad. GATIEN-ARNOULT

Avoir soixante ans, être un homme vénérable,
Un des vaillants amis du peuple misérable,
Garder le feu sacré sous ses purs cheveux blancs ;
Souriant, vers la mort s'avancer à pas lents,
Comme ces grands vieillards de l'époque biblique ;
Avoir été ton digne amant, ô République,
Et, malgré tout le mal d'ici-bas, croire au bien ;
Être bon ; en un mot, être un vrai citoyen,
Calme et brave, au milieu de l'humaine tempête,
Voilà quel idéal fait bouillonner ma tête !

Ainsi, moi, votre élève, ô vieux représentant,
Je ne m'étonne pas si je vous aime tant.

Ici, parfois, j'entends au fond de ma mémoire
L'écho de l'Océan sur des rochers de gloire;
Et mon âme, évoquant ce radieux passé,
Trouve, hélas, qu'aujourd'hui pour elle est bien glacé!
O cher Victor Hugo, père de la patrie,
Souvent en souvenir je prends ta main chérie,
Quand par ces temps de deuil je me sens refroidi!
Et je reviens aussi vers toi, Garibaldi.
M'échappant de la vie au paradis des rêves,
Près de vous, je revois ces glorieuses grèves
Qu'à l'avenir le monde entier visitera!
J'erre dans Guernesey! J'erre dans Caprera!
Et, poursuivant son fol essor, mon âme en fête
Vers le grand Mazzini, pur et sombre prophète,
Au bord de son beau lac de Suisse, en liberté
Là-bas va respirer l'air de la vérité.
Mais bientôt dispersés, mes rêves font naufrage
Comme ces oasis que berce un vain mirage!
Et, déjà, du réel reprenant le chemin,
Mon âme, oiseau perdu, dans le noir drame humain

Retombe, et, dans sa chute, exhalant quelque strophe,
Vers vous se réfugie, aimable philosophe !

Ami, si vous n'étiez pas là, je souffrirais.
Mais, quittant ces héros, mon âme tout en fièvre
Entend leurs dogmes saints vibrer sur votre lèvre
Qui m'attache à votre âme avec ses chaînes d'or,
Si bien que, près de vous, je crois rêver encor.

Toulouse, 4 février 1868.

16

UNE PETITE FILLE

« Et surtout les grands-pères qui trouv
de vives jouissances à être tourmentés
leurs petites-filles. »

GATIEN-ARNOULT.

(*Apologie de M. J. d'H.*).

Je vous voyais hier, vieillard à l'œil qui brille,
Tendre grand-père, avec votre petite-fille
Dont le regard, que semble étoiler l'avenir,
Illumine votre âme et vous fait rajeunir.
Vous feuilletiez un vieux livre philosophique ;
Et, courant devant vous, cette enfant magnifique,
Penchant et relevant son front comme un roseau,
Conduisait avec grâce un élégant cerceau.

Votre œil se détournait, par instants, de la page,
Pour contempler sa course au frétillant tapage.
Et je me demandais, rêveur, en vous suivant,
Qui des deux, elle ou vous, était le plus enfant ?
Car, sur notre planète, où l'on meurt... pour revivre,
Ignorant l'outre-tombe, à quoi donc sert un livre ?
Ce cercle, vain jouet, d'azur et d'or garni,
N'est-il pas le symbole aussi de l'Infini ?

Ah ! plus que ce charmant lutin aux lèvres roses,
Songeur à cheveux blancs, que savez-vous des choses ?
A faire ainsi le tour d'un impossible Dieu
Que gagne votre esprit ? une fièvre de feu !
Lorsqu'un cerceau roulant rend Jeanne si contente !
Et dès lors, abîmé, l'idéal qui vous tente,
Quand l'Infini vous a tourmenté tout le jour,
C'est de l'être le soir par ce petit amour
Dont le cœur innocent ne voit que ce qu'il aime
Dans ce bon Dieu qu'il doit confondre avec vous-même,
Car, à cet âge, on prête à ce mythique esprit
Toujours les traits humains que le plus on chérit :
Enfant, je me souviens qu'à Dieu — tendre chimère ! —
Je voyais les yeux bleus et le front de ma mère.

Oui, le penseur, en vain épiant l'inconnu,

De son front que ce sphinx a rendu blanc et nu

Parfois sous un baiser sent rajeunir la flamme.

Et, dans ce long désert où s'égare son âme,

Par la soif de savoir se sentant consumer,

Il est heureux d'avoir cette ressource : aimer !

Aimer, voilà le seul pouvoir réel de l'homme,

Qu'il soit grand ou petit et comment qu'il se nomme,

Car ces mots éclatants : gloire ! immortalité !

Sont des jouets d'un jour devant l'éternité.

On ne sait rien. Le ciel reste encore un mystère.

L'enfant et le savant sont égaux sur la terre.

Toute science a tort. L'amour seul a raison.

Malgré ce Sage, fou, qui de son horizon

Chassait, en les couvrant de roses, les poètes,

Graves fils de Platon, allez, comme eux, vous êtes

Des rêveurs aussi, moins ce don surnaturel

Qui les porte, au delà du monde corporel,

Dans l'étoile de l'art, idéale patrie;

Et la philosophie est une rêverie,

Mais sans le rythme, écho du grand chœur fraternel

Des sphères d'or chantant au ciel l'hymne éternel !

Mais vous, en cette enfant à la grâce infinie,
Philosophe inspiré, vous avez l'harmonie,
Comme l'arbre pensif dans ses gais oiselets :
Car Jeanne aux grands yeux pleins de célestes reflets
A dans sa voix l'accent de l'idéal suprême,
Et, fleur de votre amour, elle est votre poème.

Toulouse, 1868.

16.

SONNETS

I

L'OUBLI

Quelquefois la tempête, enfer des matelots,
Fait trêve à sa fureur et cède à leur courage.
Les nuages, fouettés tout à l'heure avec rage,
Ralentissent enfin leurs fulgurants galops.

Mais bientôt, plus terrible encore que l'orage,
Le calme plat, qui semble asphyxier les flots,
En un mortel silence a changé leurs sanglots,
Et le vaisseau périt sans avoir fait naufrage.

Tel est parfois le sort des pauvres cœurs aimants !
Après qu'ils ont souffert de longs et vains tourments,
La passion lassée, un jour, éteint sa flamme.

Le trouble de l'amour s'apaise ; pas un pli
Ne ride l'océan pacifié de l'âme.
Mais sur ce calme il plane une autre mort : l'oubli !

II

LE SOUVENIR

Dérision ! L'oubli semble être la mort même.
Hélas, oui ! Mais la mort conduit-elle au néant ?
L'espoir ne luit-il pas sur le tombeau béant ?
Et l'oubli, pour le cœur, est-ce la nuit suprême ?

La nature ne peut détruire qu'en créant.
Le destin, quand le corps tombe, cadavre blême,
Prend sa poussière, graine immortelle, et la sème
Dans l'espace, et le nain devient ailleurs géant !

La mort féconde fait germer ce qu'elle broie.
Et l'impuissant oubli, que fait-il de sa proie?
Il l'étreint, il la ronge, et n'est jamais vainqueur.

Saignant sur le passé qui nous tient à sa chaîne,
Le souvenir renaît sans cesse! et notre cœur
Contre l'amour appelle à son secours la haine!

III

LA FATALITÉ

Mais non! Le cœur ne peut haïr à volonté,
Tendre forçat, martyr de l'éternel mystère;
Car la haine et l'amour, qui gouvernent la terre,
Sont les enfants jumeaux de la fatalité!

Le cœur victime a beau se plaindre, a beau se taire:
Rien ne rendra la paix à ce déshérité.
Aucun des astres d'or peuplant l'immensité
N'a pour son deuil sinistre un rayon salutaire.

Voilà pourquoi certains rêveurs blessés à mort,
Errant en secouant la flèche qui les mord
Le long de l'âpre mer et sur les pics funèbres,

A leur sombre douleur condamnés sans retour,
De leurs pleurs immortels étoilent leurs ténèbres.
Hélas ! quelle torture étrange que l'amour !

A LOUIS BLANC

EN LUI RAPPORTANT SON CRAYON OUBLIÉ

Au *Rappel*, j'ai trouvé ton secrétaire intime,
Ce précieux crayon qui te manque aujourd'hui :
Je viens te le porter, et je commets le crime
D'écrire ce sonnet en me servant de lui.

O grave historien, dont l'œil sévère a lui
Sur cette rouge époque effrayante et sublime,
Loin de toi, ce crayon fidèle meurt d'ennui
De se voir égaré dans les bois de la rime.

Lui, né pour te servir devant tout l'univers,
Tomber chez un rêveur, et faire — quoi ? — des vers !
Dans l'ombre ! encor si loin des rayons de la gloire !

Son exil a déjà trop duré dans ma main.
De l'immortalité je lui rends le chemin,
Ne voulant le ravir plus longtemps à l'histoire.

SONNETS

I

Tout en escaladant Cagire, l'autre nuit,
Je voyais scintiller sur son sommet l'étoile
Qui, lorsque le soleil va resplendir, se voile
Et, dès qu'il se revêt de ténèbres, reluit.

Un nuage d'argent, gonflé comme une voile,
Semblait lui faire une aile ; et cette étoile, au bruit
De mon pas de profane, en plein azur s'enfuit,
Comme un navire d'or berçant sa blanche toile.

Moi qui pensais à vous en croyant voir *Stella*,
Quand j'eus gravi la cime, elle n'était plus là !
Mais ce beau pic, taillé comme par Praxitèle,

Me dit : — Baise mon front d'où l'astre a pris l'essor. —
Je vis dans l'ombre, au lieu de l'astre, une immortelle,
Et je vous saluai dans cette fleur encor.

II

J'ai cueilli cette fleur pour vous en faire hommage
Et la voir rayonner bientôt dans votre main,
Car, madame, en quittant ce mont sacré, demain
Je me dirigerai vers vous, comme un roi mage.

De vermeils souvenirs me suivront en chemin,
Voltigeant dans mon âme autour de votre image,
Comme des colibris au chatoyant plumage
S'enivrant de l'arome exquis d'un blanc jasmin.

17

Et lorsque vous prendrez cette fleur de Cagire,
Elle croira, devant votre idéal sourire,
Que l'étoile revient sur elle se poser;

Et moi, sur cette fleur née au bord de l'Espagne,
Sentant votre regard rencontrer mon baiser,
Je croirai retrouver Vénus sur ma montagne.

NOSTALGIE

Il me disait : — Pour moi, que la vie est amère !
     J'y vois à travers un linceul !
Je ne me souviens pas des baisers d'une mère !
Et, ces quelques bonheurs qu'ici l'homme énumère,
     Mon cœur n'en connaît pas un seul !

Non, je ne puis pas même, au fond de ma mémoire,
     Me dire, en souriant : Jadis !
De la mort, pour premier rideau, j'eus l'aile noire.
Rien ! Pas même un regret que mon cœur puisse boire !
     La mort seule m'a dit : Mon fils !

Mon triste berceau flotte entre deux agonies.

    Mon père et ma mère où sont-ils ?

Je n'eus d'autres baisers et d'autres harmonies

Que ceux de l'Océan aux larmes infinies,

    Sombre gardien de tant d'exils !

Ce fut lui qui berça mon enfance chagrine ;

    Il fut mon père nourricier :

Sur les grèves, au bord de la vague marine,

Je vivais, aspirant sa fluide poitrine

    Aux mamelles couleur d'acier.

O vieux père Océan, tu me pris sous ta garde ;

    Je jouai longtemps avec toi.

Enfin, devant un mât, tu me crias : Regarde !

Et tu me fis tenter l'immensité hagarde.

    Océan, qu'as-tu fait de moi ?

Un astre, à l'horizon, comme un œil sous un voile,

    Perçait un brouillard plein d'effroi.

Tu me dis : — De mon drame infini c'est la toile,

Va la lever ! — Je crus voguer vers mon étoile !

    Océan, qu'as-tu fait de moi ?

Et l'on partit. Je vis nos grèves disparaître.
     Mais l'inconnu sur notre foi
Fait briller les reflets du bel astre Peut-être.
Si je m'étais douté de ce mirage traître !
     Océan, qu'as-tu fait de moi ?

Je traversai tes froids déserts, grand solitaire,
     Épiant ton rêve éternel,
Entre le ciel et toi, ne voyant plus la terre,
Et plein d'espoir qu'un jour, au bout de ton mystère,
     Je ne verrais plus que le ciel.

N'apercevant plus rien de vivant dans l'espace,
     Je me crus plus loin que le deuil
Qui sur le genre humain plane, vautour rapace !
Il me semblait avoir passé tout ce qui passe
     Et de la Mort franchi le seuil !

Et, déjà, je rêvais une région tendre,
     Patrie aimante sans douleurs,
Rive heureuse où les cœurs espèrent sans attendre,
Où de l'âme des miens je pourrais même entendre
     Un écho répondre à mes pleurs.

                            17.

Tout à coup, vers le bleu zénith levant la tête,
  Dans les airs il me sembla voir,
Se mouvant dans les plis d'une nue inquiète,
Comme le grain croissant d'où germe la tempête,
  S'avancer vers nous un point noir.

Bientôt je vis sortir de ce nuage une aile ;
  Puis, je la vis se rapprocher.
Qui sait? Vers moi, du ciel, me disais-je, vient-elle?
Et mon œil distingua le vol d'une hirondelle
  Qui sur un mât vint se percher.

Comme d'un nouveau ciel annonçant la lumière,
  Sur la mer qui sonnait des glas,
Elle tourna vers nous sa charmante paupière,
Puis elle retomba, froide comme une pierre :
  La mort! encor la mort, hélas !

Elle aussi, comme moi, la pauvre vagabonde,
  Allait découvrir l'inconnu,
Cherchant un nouveau ciel, cherchant un nouveau monde,
Et rencontrant, trop tard encore, moribonde,
  Quoi? le sommet d'un arbre nu !

Enfin, en écoutant toujours les flots sans nombre,

    Vagues échos des astres d'or,

J'aperçus, dans le fond de l'horizon plus sombre,

Un autre point qui sur le ciel faisait de l'ombre :

    Fatalité ! la terre encor !

Ce n'était pas une aile, ici ; mais, de sa griffe,

    Égratignant les flots béants,

Ce géant monstrueux, ce pic de Ténériffe,

Comme les sphinx marqués du morne hiéroglyphe,

    En arrêt, sur les Océans !

Ce fut fini ! Des bras enroulèrent la voile.

    Je fus saisi d'un sombre émoi.

De ton drame infini je vis lever la toile,

Et je ne sentis pas sur mon front une étoile !

    Océan, qu'as-tu fait de moi ?

Oh, depuis, triste, seul, et comptant les journées,

. . . .

Priant avec des pleurs l'âme des destinées,

Dans le gouffre je sens s'égrener mes années

    Du chapelet sombre du Temps !

Fugitif d'un pays lointain, je le regrette.

　　　　Pourtant, je me dis : — Si j'aimais !

Dans mon cœur, à travers quelque fente secrète

Quelque rayon luirait ! O blanche pâquerette,

　　　　Pourquoi me réponds-tu : — Jamais !

Sous ces plafonds dorés couvrant ces froids quadrilles,

　　　　Promenant en vain mon exil,

Je vous regrette, ô grands jasmins de nos charmilles,

Oiseaux bercés aux fils des grimpantes vanilles

　　　　Dans tes forêts, ô mon Brésil !

Mais ce désir du cœur est-il encore un piège ?

　　　　O France, où mes pieds sont liés,

Puisque l'amour partout est mort, préférerai-je

A l'hospitalité sinistre de ta neige

　　　　L'ombre de nos mancenilliers ?

La neige à gros flocons tombait sur les vieux chênes.

Et je lui dis : — L'amour, poète, est ce soleil

　　　　Qui, vers les extases prochaines,

Où luira le secret de l'éternel réveil,

Dans le rêve conduit le grand troupeau vermeil
        Des mondes qu'il tient à ses chaînes.

Et quel est ici-bas le reflet précurseur
        De cette universelle flamme
Qui de la nuit humaine allume la noirceur
Et prouve que du ciel notre terre est la sœur?
        L'infini regard de la femme !

APRÈS MENTANA

Que de sang sur ce prêtre, ô pâle Jésus-Christ !
V. H. (*La voix de Guernesey*).

1

Donc, ces soldats du droit, espoir de l'Italie,
Qui, pour purifier Rome qu'on a salie,
Allaient y rallumer les vertus d'autrefois,
Seront tombés, trahis ! martyrs ! sans qu'une voix,
Peuple français, fulmine au ciel de ta tribune,
Et, faisant expier leur sinistre infortune
A ce fourbe empereur par l'église applaudi,
Les venge, avec leur chef sacré, Garibaldi !

Puisque en ces mornes jours d'attente et de souffrance,
Tu n'as plus de tribuns pour rugir, pauvre France,

Car à ton saint orgueil le sort les a tous pris,
Et les plus fiers déjà sont morts ou bien proscrits,
Puisque, de ta tribune, autrefois si féconde,
Qui vit ressusciter la liberté du monde,
L'âpre éloquence, autour des rois, *fléaux de Dieu*,
Ne fait plus flamboyer la parole de feu,
Puisqu'il n'y reste plus une voix vengeresse,
Ne pouvait-on alors, saluant sa détresse,
Jeter avec respect, en sa prison, là-bas,
Au moins un mot d'amour à ce Christ des combats?

Eh quoi! n'es-tu donc plus la tribune française,
Des droits sacrés de l'homme idéale fournaise
Qui pour forgeur naguère eut le grand Mirabeau?
N'es-tu plus aujourd'hui qu'un glorieux tombeau,
Toi, vibrant piédestal du devoir, haute cime
Qui de la liberté portas l'aire sublime,
Tribune de Danton et de Ledru-Rollin!

Oh! dans Paris, tandis que le peuple orphelin,
Sur les rouges pavés gisant avec ses armes,
Après avoir saigné du sang pleurait des larmes,

Et, dénonçant aux cieux cet infâme empereur,
Vaincu, désespéré, voyait en sa terreur
Se perdre dans la nuit, ainsi que des fantômes,
Par les flots de l'exil, son drapeau, ses grands hommes,
Et l'arbre où fleurissait déjà la Liberté,
— Sombre inondation où tout fut emporté ! —
Du forum envahi fuyant la morne enceinte,
Hélas, tu t'en allais aussi, tribune sainte,
Arche de l'avenir en proie à l'ouragan,
Là-bas, chez cet ami des Proscrits, l'Océan !

II

Sous le vieux pavillon de la libre Angleterre,
Près de la France, il est une île légendaire
Qu'autrefois possédaient nos pères les Gaulois.
Là, le matin, sortant des profondeurs des bois,
Front nu, le manteau blanc de laine sur l'épaule,
Regardant le soleil se lever sur la Gaule,
Nos druides, autour des dolmens, en plein air,
Debout, écoutaient Dieu sur le bord de la mer.

Là, chantant les fureurs des tempêtes hagardes,
A travers les rochers rêvaient nos anciens bardes :
Coin de terre où la grâce à l'âpreté s'unit.
—Contraste heureux !—Non loin de ces blocs de granit
Où les varechs, ainsi que des crins, se hérissent,
Dans cette île, des lys mystérieux fleurissent.
Un navire, dit-on, revenant du levant,
Heurtant contre un écueil où le jeta le vent,
Sur cette mer qui couve un éternel orage,
A côté de cette île autrefois fit naufrage.
Tout sombra ; cargaison, voyageurs, matelots,
La carène et les mâts, tout périt dans les flots.
Seul, porté par le flux sur la grève voisine,
Un lis rouge, exotique épave, prit racine.
Or, présageant, qui sait ? l'ère du grand proscrit,
Depuis ces temps, ce lis oriental fleurit,
Et, caprice charmant, fidèle à son asile,
En Europe il ne veut fleurir que dans cette île,
Exilé merveilleux, que l'on a baptisé
Du nom de cet abri : *Le lis de Guernesey*.

Guernesey ! saint refuge !

                              Avec le grand poète
Qui prit, pour le sauver, à travers la tempête,

                                        18

Le drapeau par César, hélas ! deshonoré,
Sur cette terre où dort tout un passé sacré,
Sanctuaire au milieu de la mer agitée,
O tribune, c'est là que tu t'es arrêtée !
Tu choisis, à l'instar du lis miraculeux,
Ce roc plein des autels des Celtes fabuleux,
Ile sainte de fleurs et d'écueils couronnée,
Image de la gloire, île prédestinée !

Depuis seize ans, rompant le pain du froid exil,
De l'avenir de l'homme ébauchant le profil,
Car le sphinx du progrès le hante dans ses rêves,
Majestueux rôdeur des rochers de ces grèves,
Par l'univers, ainsi qu'Homère, vénéré,
Ce fier républicain, ce prophète inspiré
Contemple l'Océan, abîme de mystère,
Saint lacrymarium des douleurs de la terre,
Et, puisant dans les flots ses imprécations,
Mêle son âme épique aux pleurs des nations.
Sur cette mer, à l'heure où la pâle nuit tombe,
Comme des revenants échappés de leur tombe,
Les blancs brouillards, errant en vagues légions,
Font naître dans son œil d'amères visions.

Comme Ossian, il voit venir dans les nuages
Des ombres de soldats sanglants ! Sur ces rivages,
Dans les bruits de la mer et dans les voix du ciel,
Il entend vers son cœur monter un long appel.
De l'orage prenant le diapason farouche,
Il fait tonner des mots foudroyants de sa bouche,
Car toutes les douleurs du monde ont pour écho
La voix de ce géant proscrit, Victor Hugo !

Or, son poème, plein du feu de sa poitrine
Et du rythme infini de la vague marine,
Revendiquant la France et l'Italie aux fers,
Son poème vengeur fait dire à l'univers
Qui de notre tribune attend la délivrance :
— *La voix de Guernesey*, c'est la voix de la France !

III

Et vous qu'ont immolés ces prêtres exécrés,
Frères, par ces fusils perfides massacrés
Pour avoir eu du droit la pieuse folie,
— O Saint-Barthélemy de la jeune Italie ! —

Votre sang, par les flots du Tibre désolé,
Emporté dans la mer, vers ce grand exilé,
A travers l'Océan se frayant une route,
Jusqu'au bord de son île a filtré goutte à goutte :
Lion de l'idéal, que rien n'a pu dompter,
L'angoisse au cœur, il a senti vers lui monter
Ce sang garibaldien, héroïque marée ;
Et, de ce sang martyr une vague sacrée
Ayant jusqu'à son front sublime rejailli,
L'homme de Guernesey, terrible, a tressailli !

Que le poète est grand lorsque le vrai l'éclaire !
Son génie enflammé d'amour et de colère,
Généreux défenseur de l'Italie en croix,
Est allé secouer les portiques des rois !
Écoutez, écoutez l'effrayante harmonie...
Écoutez : des tyrans repus c'est l'agonie !
C'est le râle tardif de ce pape assassin !
D'un peuple réclamant ses droits c'est le tocsin !
Et, comme un chant d'amour à travers la rafale,
Dans son vers d'où l'esprit des *Châtiments* s'exhale,
Écoutez, écoutez le baiser fraternel
De l'immortel poète au guerrier immortel !

Et l'applaudissement radieux de l'Histoire,
Qui, de ce fier soldat sacrant déjà la gloire,
Dans son livre, à côté des grands noms triomphants,
Doit, un jour, faire lire à nos petits-enfants
Le nom prodigieux du général des *Mille*,
Comme on lit : Régulus ! et comme on lit : Camille !
Si pourtant ton passé jamais a resplendi,
O Rome, d'un nom pur comme Garibaldi !

Et toi, vieux Mastaï, plus traître que saint Pierre,
Des peuples le poète a rouvert la paupière !
Au monde, que sa voix fait sortir du tombeau,
Il te montre, surpris par son divin flambeau,
A l'œuvre avec César ! Allons, lève ton masque,
Toi qui fais s'accoupler la tiare à son casque !
Embrassement hideux du prêtre et du tyran :
Son Louvre fraternise avec ton Vatican !
Son sabre se marie à ta crosse hypocrite ;
L'Église est sa caserne, et l'autel sa guérite !
Affidé de César, pape, tu n'es qu'un roi.
C'est bien. Sers-toi de lui, comme il se sert de toi.
Égayez, engraissez vos complicités louches.
Vous partageant le monde, associez vos bouches :

18.

César, mange la terre! Et toi, mange le ciel!
Va, pape! de l'agneau Jésus singe cruel,
Jouant, comme intermède à tes saintes tueries,
Tes tours sacerdotaux, dévotes jongleries.
Paris vaut une messe, et Rome vaut autant.
Tuer un peuple? bah! Régner est l'important.
En cajolant Néron, allons, avale Rome,
Ancien dragon fait ange, infernal faux bonhomme!
Exploite l'univers, tout en le bénissant,
Pape, Falstaff de Dieu, qui t'enivres de sang!

IV

Une nuit, dans un champ de bataille, une femme,
A travers les pampas du Brésil, — oh! quelle âme! —
Allant de morts en morts, toute seule, à pas lents,
Regardant, un par un, leurs visages sanglants,
Croyant, à chaque instant, hélas! le reconnaître,
Cherchait un homme, un brave, — un cadavre, peut-être!
Çà et là, soulevant une tête, en tremblant,
Des hauts fourrés que bat l'aile du vent brûlant

Elle entendait monter un miaulement sombre.

C'était l'heure où l'on sent le fauve envahir l'ombre.

Aux râles des blessés qui mouraient, par moments,

Répondaient alentour de longs ululements.

Ainsi, s'aventurant dans ces horreurs funèbres,

Conduite par l'amour au milieu des ténèbres,

Cette femme inspirée erra dans les pampas

La moitié de la nuit, et, ne le trouvant pas,

Sautant sur un cheval qui n'avait plus de maître,

Elle appela le ciel, disant : — Où doit-il être?

Ils partent... Le cheval, dans la nuit s'allongeant,

Des herbes fait plier les fins plumets d'argent.

Comme dans une mer, il y plonge avec rage,

Emportant cette femme au surprenant courage

Qui le pousse au désert, sur la foi de son cœur.

Dans le lointain, scintille une vague lueur.

— S'il était là? Ce feu vient-il d'une cabane?

Toujours sur la lumière une espérance plane.

— En avant! Tout à coup, le cheval, se cabrant,

S'arrête, sur les bords écumeux d'un torrent :

Le rio Canoas ! — En avant ! — Intrépide,

Lançant la bête ardente à travers l'eau rapide,

Elle la précipite au plus fort du courant...

Le rio piétiné tournoie, en s'effarant...

— En avant ! Le cheval, de son naseau qui fume,
Rend aux flots irrités écume pour écume
Et mêle à leurs rumeurs ses fiers hennissements.
Dispersant, dans ses bonds, leurs vains bouillonnements,
Il traverse ! il aborde ! Et la garde ennemie
Gagne dans sa frayeur la forêt endormie,
Fuyant ce cavalier, fantôme à poncho noir !
Enfin, le cœur brisé de terreur et d'espoir,
Sur son cheval vainqueur qui dresse sa crinière,
Elle atteint cette hutte où tremble une lumière.
Elle entre : Ce rayon en vain n'a-t-il pas lui ?
Elle prend son héros entre ses bras ! C'est lui !
Cet homme, qu'avant nous applaudit l'Amérique,
C'était ce général, ce vainqueur homérique,
L'homme de Caprera, qui lutte un contre dix !
Cette femme ? Anita ! La mère de ses fils !

Ainsi, sur ton génie à l'aile indépendante,
O notre grand ami, ta Poésie ardente,
S'envolant par-dessus la mer, vers Mentana,
A parcouru ces champs où l'on assassina !
Triste, le front penché sur ces nobles victimes,
Recueillant çà et là leurs armes magnanimes

Pour en faire un trophée insigne à l'avenir,

Elle qui peut venger, mais peut aussi bénir,

Et dont un seul sourire est un glorieux sacre,

A travers les débris sanglants de ce massacre,

Terrible, elle est allée, en criant : Trahison !

Embrasser ce héros chéri, dans sa prison,

Et, prenant cette main qui donna la Sicile,

L'a ramené, superbe, en sa glorieuse île,

La sœur de Guernesey, son âpre Caprera,

D'où, pour vaincre, bientôt il se relèvera !

Toulouse (prison Saint-Michel), 1868.

LE PONT DU GARD

Vous la rappelez-vous, ô fière voyageuse,
  a fin de ce beau jour de soleil, où, songeuse,
    Sous une arche du pont du Gard,
Tandis que tous riaient, dansaient, jouaient sans trêve,
Vous, dans la grotte où l'ombre habite avec le rêve,
    Vous plongiez votre long regard?

Sous le porche où grimpaient lierres et clématites,
Seule, vous écoutiez pleurer les stalactites,
    Quand, sortant de l'antre à pas lourds,
Une bohémienne aux cheveux de sorcière

Vint, parmi ces beautés, poser sur la bruyère
    Son vieux tablier de velours.

Aussitôt qu'apparut l'étrange créature,
— Approchez ! cria-t-on ; notre bonne aventure ! '
    Et l'Égyptienne au front noir,
Ses doigts secs allongés sur les cartes fatales,
De ces destins en fleur effeuilla les pétales,
    Sous les premiers astres du soir.

Des chars de romarin traversaient la vallée.
Et l'on sentait flotter dans l'air l'ivresse ailée
    Des parfums, qui, dans leur essor,
Se confondaient au vol des vives causeries
Sur ces coteaux couverts de lavandes fleuries,
    De thym et d'immortelles d'or.

Et vous, jeune inspirée, au bord du flot qui passe,
Laissant errer votre âme ardente dans l'espace,
    Vous regardiez mourir le jour
Sur ces monts dont Vénus diamantait la crête,
Lorsque, se retournant vers vous : — Êtes-vous prête?
    Cria le groupe. A votre tour !

Cueillant alors un brin d'odorante immortelle,
La zingara marcha vers vous : — Vos mains, fit-elle...
    Regardez cet astre lointain...
Un sourire éclaira sa lèvre sibylline,
Et, voyant un oiseau traverser la colline :
    — Enfant, voilà votre destin !

Sur le grand pont romain la nuit jeta son voile.
Or, cet oiseau semblait voler vers cette étoile ;
    Et, dans les haltes de son vol,
Égrenant sa roulade aux échos des montagnes,
Il s'éloigna le long du fleuve, et vos compagnes
    Reconnurent un rossignol.

Or, depuis, déployant vos ailes vagabondes,
Vous avez, en chantant, traversé les deux mondes.
    Mers, montagnes, déserts, volcans,
Steppes de l'Orient et forêts du tropique
Ont ouvert leur mystère à votre course épique
    Amoureuse des ouragans.

Tous les souffles du ciel ont ému votre lyre.
La blanche croix du sud a laissé vos yeux lire

L'ardent poème de ses feux.
Votre main a touché la neige du Caucase;
Les cèdres du Liban, aux longs bras en extase,
Ont béni vos sombres cheveux.

A GUSTAVE FLOURENS

L'an passé, quand la Crète, agonisant fantôme,
Repliait son sanglant suaire à l'horizon,
Cher Flourens, j'entendis ton nom chez le grand homme
Dont l'exil glorifie aujourd'hui ta prison.

A Guernesey, je vis la page paternelle,
Drapeau dont te couvrait ce songeur surhumain,
Pour que la Liberté te gardant sous son aile,
Ami, te ramenât en France par la main !

Que de drames, depuis, ont agité la terre,
Cimetière lugubre où la Liberté gît !
Que d'éclairs ont jailli du plébéien cratère !
Que de martyrs éteints, dont le spectre surgit !

Décembre ensanglanté, sortant comme un vampire
Des sépulcres rouverts, pleins de l'odeur des morts,
Suivi des *Châtiments*, vient effrayer l'empire
En proie aux visions sinistres du remords !

Les craquements du trône impudique d'Espagne,
Accompagnés des cris de son ignoble encan,
Troublent l'Aigle qu'il faut clouer au seuil du bagne,
Et font gémir le saint pigeon du Vatican !

Le jour libérateur, ô France, est près d'éclore.
Un blanc rayon, là-bas, trouant l'ombre qui fuit,
A l'univers annonce enfin l'heureuse aurore,
Et disperse déjà les oiseaux de la nuit !...

L'heure approche : hideux essaims d'aigles funèbres,
Sur le monde étendant vos ailes à la fois,
Dans le ciel pourrez-vous rapiécer les ténèbres
Que l'âpre Liberté déchire autour des rois?

Tremblez, Césars ! Et vous, leurs victimes suprêmes,
Dans vos prisons, vaillants lutteurs, ô nos amis,
Saluez, triomphants déjà, sur vos murs blêmes,
Les reflets précurseurs des horizons promis.

En sortant du martyre on entre dans la gloire.
Certains cachots ont jour sur l'immortalité.
Il est de ces vaincus qui donnent la victoire.
Il est de ces captifs qui font la liberté !

Oui, comme le soleil, captif sacré de l'ombre,
Après avoir dormi sur le lit froid des mers,
En sort plus radieux, et dans l'abîme sombre
Semble avoir rajeuni ses feux pour l'univers,

O nos fiers prisonniers, que le martyre enflamme,
Les fécondes douleurs de la captivité
Attiseront ce feu sacré qui, de votre âme,
Rayonne sur la France et sur l'humanité !

Saint-Gaudens, 1869.

EN PARTANT POUR ROSNY

A NOTRE BRAVE COLONEL VICTOR SCHŒLCHER

Minuit sonne. Au-dessus des tours de Notre-Dame,
Les astres inquiets, célestes bataillons,
Où, pour lutter encor, s'envolera notre âme,
Croisent, resplendissants, leurs glaives de rayons.

Se cabrant sous les dards vermeils du Sagittaire,
Le cheval d'Orion lève ses sabots d'or.
La lune au front sanglant roule autour de la terre.
Vers la Lyre, le Cygne effaré prend l'essor.

Les étoiles, de l'ombre incendiant les zones,
Sans que leurs légions troublent l'ordre éternel,
Comme ce pont rougi du sang des Amazones,
Font sur leurs boucliers frémir l'arche du ciel!

19.

Loi fatale ! l'espace est un champ de bataille ;
Le temps, une série étrange de combats ;
Les soleils, des guerriers de différente taille
Dont l'un, pour s'élever, doit mettre l'autre à bas !

L'harmonie est l'écho des marches dont ces astres
Scandent magiquement la noire Immensité...
Écho de leurs grandeurs, écho de leurs désastres,
Rythme auquel est encor sourde l'Humanité.

Et toi, granit sacré, reine des cathédrales,
Qui, levant tes deux tours, comme des bras, au ciel,
Depuis près de mille ans, durant les nuits spectrales,
Sublime, entends vibrer le chœur universel,

Toi qui, sombre témoin des marches vagabondes
De tous ces escadrons d'astres séditieux,
Contemples, dans l'azur, la rencontre des mondes
Entreheurtant leurs chars aux fulgurants essieux,

N'avais-tu pas assez, ô temple où le Poète
Monta pour évoquer les siècles oubliés,
D'écouter les clairons des soleils sur la tête,
Sans entendre rouler nos canons à tes pieds !

Naissant sous les boulets de la horde prussienne,
La jeune République ouvre ses bras vainqueurs.
César, honteux, s'enfuit, baissant son front d'hyène.
Hugo revient d'exil, nous rapportant nos cœurs.

Dans le sang les cités du Rhin et de la Loire
Se lavent des vingt ans de règne du tyran ;
Et Paris, dont jamais rien n'éteindra la gloire,
Allumant tous les forts, se transforme en volcan !

Oh ! pour venger ta sœur de Strasbourg, Notre-Dame,
Temple où la Foi sculpta ce rêve immense : Dieu !
Aujourd'hui que Paris qui de la terre est l'âme,
Agitant sur son front sa couronne de feu,

Des tentes des bivacs illumine les toiles,
Ne préfères-tu pas la France aux cieux vermeils,
Les sinistres obus aux splendides étoiles
Et l'âpre canonnade au concert des soleils ?

Du parc d'artillerie de Notre-Dame, 1870

NÉCESSITÉ

— Je ne me trouve pas délivré...
V. H. (*La libération du territoire*).

Non ! nous ne sommes pas délivrés ! Et l'abîme
Qu'illuminent ces pleurs de ton âme sublime
Paraît toujours aussi profond, aussi glacé,
Car notre austère amour, par la haine enlacé,
Voit encor sous ton doigt de feu, dans leur géhenne,
Captives, comme hier, l'Alsace et la Lorraine !
Mais tu peux aujourd'hui, vieux Maître, respirer !
Ces jours, que ton lyrisme ardent fait espérer,
Couvriront de soleils heureux l'âpre défaite,
Et tu la reverras la victoire, ô Prophète,
De ses ailes de flamme à l'éclat glorieux
Où semblent rayonner les sabres des aïeux,

Planant sur nous, soldats fils de ton espérance,
Faire un arc de triomphe immortel à la France !
Imprimant leur grand rythme héroïque à nos pas,
Tes vers nous conduiront à de nouveaux combats !
Mais il faut, avant tout, que la liberté naisse.
Il faut que, si l'Empire énerva la jeunesse,
La République rende à son cœur la vertu.
L'Idéal, son soleil, était si loin, vois-tu,
L'Exil dressant son mur sombre entre ton génie
Et la France ! Fatale et hideuse agonie,
Dont la défaite, hélas, nous a fait triompher !
Mais, à ta voix, on sent les cœurs se réchauffer !
Ta foi républicaine attise les courages ;
Et tes chants, assombris par nos futurs orages,
Font frémir sur leurs bancs les fougueux écoliers,
Qui, relisant les noms des héros oubliés,
Écoutent dans tes vers, tocsin de représailles,
Ce bruit, avant-coureur farouche des batailles !

Oh ! la gloire bientôt sur nos monts reluira !
Oui, l'on verra sombrer Guernesey, Caprera
Dans l'Océan confus des hontes de la terre,
Avant que notre France, éteignant son cratère

Dont le feu se mêlait aux feux du firmament,
Sur le monde ait jeté son dernier flamboîment!

Pourquoi du Peuple avoir allumé la fournaise?
Pourquoi *Quatre-vingt-neuf*, pourquoi *Quatre-vingt-trei*
Si tu ne devais pas, France, dans l'univers,
Après avoir forgé les droits, briser les fers,
Et porter, en marchant au premier rang, guerrière,
Dans les États-Unis du monde la lumière!

Paris.

QUAND

VICTOR HUGO PASSA DEVANT DES LIONS

AUX FUNÉRAILLES DE MADAME P. M***

Il marchait pensivement,
Comme un Prophète qui prie,
Suivant ta bière fleurie,
Noble Femme au cœur aimant !

La grande foule attendrie
L'entourait pieusement.
Soudain, un rugissement
Sort d'une ménagerie.

Et, tandis que nous allions,
Près du logis des lions,
Voici qu'ébranlant l'espace

Le rugissement grandit !
Un vieil ouvrier me dit :
— Ils sentent que l'*Autre* passe !

Paris.

A MME ***

Tandis que, pour vous faire fête,
Hier, deux artistes charmants
Chantaient des vers des *Châtiments*,
Moi, j'ai pleuré comme une bête.

Je voyais dans vos bras aimants
Jeanne encadrer sa blonde tête,
Et les baisers du grand Poète
S'unir à ses gazouillements.

Pour peindre ce tableau, Madame,
Quand vous berciez cette jeune âme
Sous l'œil du grand-père immortel,

Il faudrait, idéal mélange,
Pour Vous et Jeanne, Raphaël :
Il faudrait pour Lui Michel-Ange.

JEANNE

A PAUL MEURICE

Qu'a donc cette blonde Immortelle !
Oh ! pourquoi Jeanne pleure-t-elle ?
De ses beaux yeux, clairs firmaments
Où le rire avec les pleurs joue
A cache-cache, sur sa joue
On voit courir des diamants !

Savez-vous ce qui la chagrine ?
Jeanne aime la vague marine
Et les fleurs : or, sa joie a fui
Lorsque l'heure des jeux s'envole :
Mais George, d'un mot, la console ;
Et je les emmène, elle et lui.

Je conduis, berger éphémère,
Les immortels petits d'Homère,
Cher troupeau de gloire étoilé ;
Et, pour hâter leur pas agile,
Murmurant le vers de Virgile,
Je leur dis : — « *Ite, capellæ !* »

Tout d'abord, restée en arrière,
Jeanne enfin, comme une guerrière,
Se précipite, d'un pied sûr,
Vers l'horizon couleur de songe,
Et dans sa gaîté se replonge,
Comme un alcyon dans l'azur.

Dans son petit bas écarlate
Son frais mollet de grâce éclate,
En sautillant par le chemin,
Comme une jeune perdrix rouge.
Sur sa tête, son ruban bouge,
Tel qu'une huppe de carmin.

Sur son front plein d'aube prospère
Où la lèvre de son grand-père

A l'instant vient de se poser,
Comme.une étoile on voit encore
De cet Immortel qui l'adore
Scintiller le divin baiser.

Au travail Jeanne se sent prête !
Mais, tout à coup, elle s'arrête :
Elle a, dans l'orageux souci
Que l'heure des devoirs allume,
Oublié son livre, sa plume
Et ses cahiers ! (Georges aussi.)

Or, voici la terrible porte !
Hélas, que l'ouragan l'emporte !
O Jeanne au sourire infini,
D'un dieu tendre sollicitude,
Quand tu le quittes pour l'étude,
Va, c'est bien Lui le plus puni.

Guernesey, octobre 1878.

20.

A ÉDOUARD LOCKROY

Hier, malgré les conseils d'une voix adorée,
Par l'œil de la sirène invisible ravi,
Aux vents du soir cinglant la vague exaspérée,
Tu t'es livré, rêveur : et moi, je t'ai suivi...

Ami, quel fol attrait a pour toi la tourmente,
Quand tu cours affronter sur un si frêle esquif
Les sinistres courroux de la mer écumante,
Crachant sa bave blanche aux crocs noirs du récif?

Dis, quels mystérieux vertiges, quelles fièvres
Secrètes, quand la mer rugit, en proie au vent,
Te grisent de l'appel des vagues, vertes lèvres
Balançant leur baiser sur l'abîme mouvant !

Il est vrai, la tempête a d'amères ivresses ;
Et c'est un charme aigu qui caresse et qui mord
Quand les mirages blancs des rafales traîtresses
Font entrevoir l'éclair infini de la mort.

Pour certains, le danger recèle un doux mystère ;
Mais chaque volupté revendique son tour.
Et faut-il, pour goûter l'extase sur la terre,
Emprunter à la mer, alors qu'on a l'amour ?

« La tempête est la sœur fauve de la bataille, »
Dit notre hôte chéri, que tu rends soucieux :
N'as-tu donc pas assez couru vers la mitraille
Et vu planer la mort sur ton front, dans les cieux ?

Quand ta jeunesse en fleur, par la guerre ennoblie,
Suivait avec amour le sillon sidéral
Que traçait dans le ciel naissant de l'Italie
Le sabre constellé de notre général,

Et, dans les jours sanglants de nos derniers désastres,
Au delà des remparts de Paris dévasté,
Quand, sous un ciel d'obus masquant l'azur des astres,
Blessé, tu vis saigner ton père à ton côté,

Oh, n'as-tu pas assez ressenti dans tes veines
Les lyriques frissons de l'héroïque horreur,
Pour savourer encor des émotions vaines
En livrant une barque à la mer en fureur?

Guernesey, 187...

COUCHER DE SOLEIL

Du haut de l'âpre forteresse
Couronnant ce cap solennel,
Pour les yeux ravis quelle ivresse :
La mer! la montagne! et le ciel!

O flots, ô nuages! ô cimes!
Devant les hauteurs d'Hernani,
Mon œil, des infinis sublimes
Voit le saint trio réuni!

Mais le jour baisse; la nuit grise
Frôle déjà tout doucement
Les flots dont le couchant irise
Le fantastique chatoiement.

Les haillons pourpres des nuées
Semblent, flottant sur le soleil,
Les bannières exténuées
D'un vaisseau de guerre vermeil !

Décroissant au loin, les montagnes,
Sur l'Océan vert, rose et bleu,
Avec le soleil des Espagnes,
Penchent et sombrent peu à peu...

Et l'Océan, devenant blême,
Avec le ciel déjà moins pur
Commence à se fondre lui-même.
En un seul et sinistre azur.

Adieu, hauteur, lointain, lumière,
Partout, linceul illimité,
L'ombre, qui couvrit, la première,
La face de l'immensité !

Ainsi, dans un même naufrage,
A travers mille rêves d'or,
Que l'illusion, doux mirage,
Nous rend plus merveilleux encor,

Hélas, l'amour et l'espérance
S'en vont, leur voyage accompli,
S'éteindre dans l'indifférence
Et s'anéantir dans l'oubli !

Mais pourquoi sort-il de ma bouche,
O mon cœur, ce blasphème amer ?
Berceau du soleil qui se couche,
Tu n'es pas un sépulcre, ô mer !

Et dans la gloire ou le mystère
Il est plus d'un amour béni
Qui fut immortel sur la terre
Ou le sera dans l'infini !

Errant sur ces graves rivages
Pleins d'un inexprimable bruit,
Ainsi que leurs vagues sauvages,
Je chante noir quand vient la nuit.

Mais, ô déesse, sur ma route,
Ta blanche image éclaire en moi
La marée aveugle du doute
Des rayons voyants de la foi.

Bonsoir. — Vers le brun promontoire,
Dont résonnent les rochers blancs,
Gagnant la citadelle noire,
Montent des vols de goélands.

A l'horizon semé de voiles,
Dans le ciel mat presque indigo,
Annonçant les autres étoiles,
Sort de la mer Hesperugo*.

Montergullo (Saint-Sébastien), novembre 1879.

* Nom que les Romains donnaient à l'étoile du soir.

LE CAP SPARTEL

Parfois, sur l'Océan tranquille, un flot s'efface
Et vient s'abattre avec fracas sur cet écueil
Que je vois, à travers les purs cristaux du phare,
Grandir jusqu'au zénith où le poursuit mon œil.

Il monte ! Il monte ! Il croît comme une tour vivante !
Et lui, l'âpre rocher, monstre du cap Spartel,
D'où glissent sur la mer des frissons d'épouvante,
Sous le prisme il sourit, chamarré d'arcs-en-ciel !

Se diaprant aux gais mirages de l'optique,
Le hérissement noir de ses angles brisés
Secoue, en chatoyant, la gamme fantastique
Des couleurs, qui s'allonge en zigzags irisés !

21

Or, de ces clairs miroirs que l'horizon azure,
Sous son manteau d'Iris je vois l'écueil hagard
Se renverser et puis redescendre, à mesure
Que du foyer central s'écarte mon regard !

Et, montrant au nadir sa mâchoire béante,
Lentement il retourne au sein des flots amers
Et pend avec stupeur, stalactite géante,
De la voûte du ciel sur le gouffre des mers !

Ainsi, l'âme, du haut de ta cime, Espérance,
Voit l'avenir doré de tes reflets grandir
Vers les hauteurs d'un ciel magique, où la souffrance
Déguisée en bonheur lui semble resplendir.

Mais bientôt, atteignant les limites du rêve,
L'avenir se retourne et devient le passé,
Et nos illusions, que le réel achève,
Tombent en s'éteignant dans l'infini glacé !

Cap Spartel (Afrique occidentale).

FIN

TABLE DES MATIÈRES

TABLE 245

FIN DE LA TABLE DES MATIÈRES

Paris. — Imp. E. CAPIOMONT et V. RENAULT, rue des Poitevins, 6.

BIBLIOTHÈQUE-CHARPENTIER

13, RUE DE GRENELLE-SAINT-GERMAIN, 13, PARIS

à 3 fr. 50 le volume.

(EXTRAIT DU CATALOGUE)

POÈTES CONTEMPORAINS

ALFRED DE MUSSET

Premières Poésies . . . . . 1 vol. | Poésies nouvelles . . . . . . 1 vol.
Œuvres posthumes . . . . 1 vol.

THÉOPHILE GAUTIER

Poésies complètes . . . . . 1 vol. | Émaux et Camées . . . . . . 1 vol

SAINTE-BEUVE

Poésies complètes . . . . . 1 vol.

Mme DESBORDES-VALMORE

Poésies . . . . 1 vol.

PHILOTHÉE O'NEDDY

Poésies posthumes. . . . . . 1 vol.

ALPHONSE DAUDET

Les Amoureuses. . . . . . . 1 vol.

ANDRÉ LEMOYNE

Les Charmeuses . . . . 1 vol.

HENRI CANTEL

Les Poèmes du Souvenir . . . 1 vol.

ARMAND SILVESTRE

Poésies . . . . 1 vol.
La Chanson des Heures . . . 1 vol.
Les Ailes d'or . . . . 1 vol.

JEAN AICARD

Poèmes de Provence . . . . . 1 vol.
Miette et Noré. . . . . 1 vol.

LUCIEN PATÉ

Poésies . . . . 1 vol.

JULES BRETON

Jeanne . . . . 1 vol.

GUY DE MAUPASSANT

Des Vers . . . . 1 vol.

MISTRAL

Mirèio . . . . 1 vol.

Mlle LOUISE BERTIN

Nouvelles Glanes. . . . . . 1 vol.

GUSTAVE MATHIEU

Parfums, Chants et Couleurs. 1 vol.

THÉODORE DE BANVILLE

POÉSIES COMPLÈTES

Les Cariatides. . . . . . . 1 vol.
Les Exilés. . . . . 1 vol.
Odes funambulesques. . . . 1 vol.
Comédies . . . . 1 vol.

MAURICE BOUCHOR

Les Chansons joyeuses. . . 1 vol.
Les Poèmes de l'Amour et
de la Mer . . . . 1 vol
Le Faust moderne . . . . . 1 vol
Contes parisiens en vers . 1 vol

EMMANUEL DES ESSARTS

Poèmes de la Révolution. . 1 vol

MAURICE MONTÉGUT

Lady Tempest. . . . . 1 vol.

CHARLES DE LOVENJOUL

Le Rocher de Sisyphe . . . 1 vol.

RAOUL LAFAGETTE

Les Aurores . . . . 1 vol

GEORGES NARDIN

Les Horizons bleus. . . . . 1 vol.

Paris. — Imp. E. CAPIOMONT et V. RENAULT, rue des Poitevins, 6.

www.ingramcontent.com/pod-product-compliance
Lightning Source LLC
Chambersburg PA
CBHW071827020726
47502CB00004B/1263